& HOMEM DO
OUTDOOR

O HOMEM DO OUTDOOR

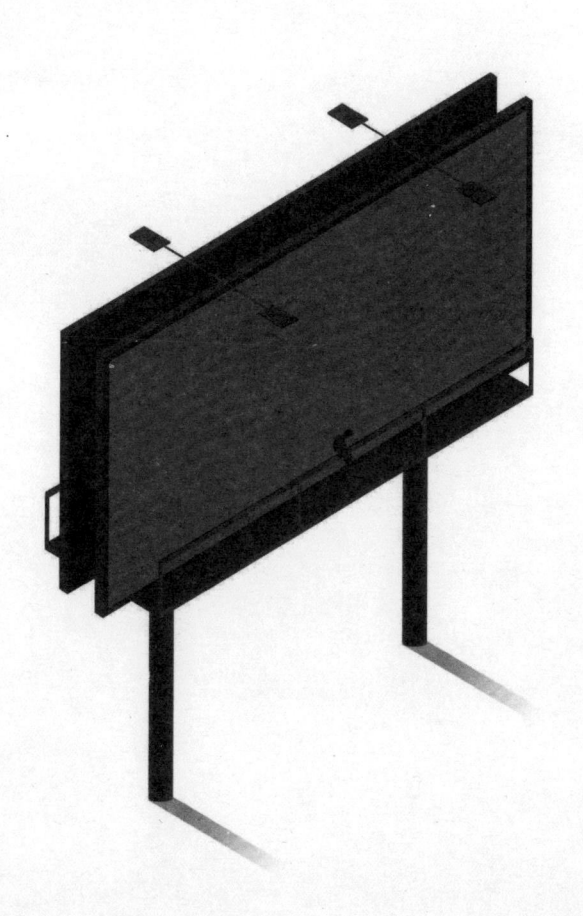

MARÍA JOSÉ FERRADA
O HOMEM DO OUTDOOR

Tradução de Silvia Massimini Felix

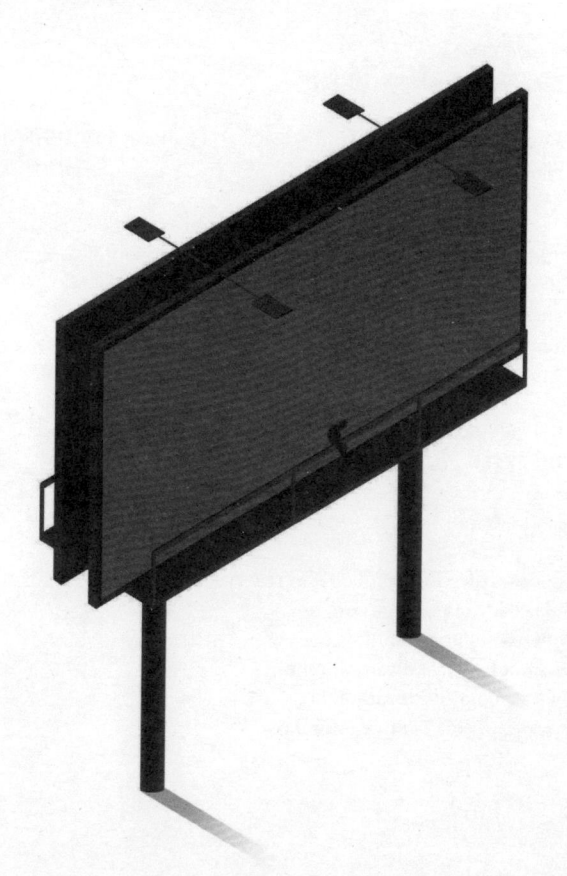

MOINHOS

© Moinhos, 2022.
© María José Ferrada, 2021.
Esta edição de O homem do outdoor é publicada em acordo com Ampi Margini Literary Agency e autorização de María José Ferrada.

Edição:
Camila Araujo & Nathan Matos

Revisão:
Camila Araujo e Nathan Matos

Diagramação e Projeto Gráfico:
Nathan Matos

Capa:
Sérgio Ricardo

Tradução:
Silvia Massimini Felix

Dados Internacionais de Catalogação na Publicação (CIP) de acordo com ISBD
F368h
Ferrada, María José
O homem do outdoor / María José Ferrada; traduzido por Silvia Massimini Felix. Belo Horizonte : Moinhos, 2022.
128 p. ; 14cm x 21cm.
Tradução de: El hombre del cartel
ISBN: 978-65-5681-100-0
1. Literatura chilena. 2. Romance. I. Felix, Silvia Massimini. II. Título.
2022-4
CDD 868.99323
CDU 821.134.2(82)-31

Elaborado por Vagner Rodolfo da Silva - CRB-8/9410

Todos os direitos desta edição reservados à Editora Moinhos
www.editoramoinhos.com.br
contato@editoramoinhos.com.br
Facebook.com/EditoraMoinhos
Twitter.com/EditoraMoinhos
Instagram.com/EditoraMoinhos

Para Rodrigo Marín

Contra toda a ciência, queria eu a felicidade.

Günther Grass, *O tambor*

PRIMEIRA SEMANA

Segunda-feira

Ramón subiu no outdoor da Coca-Cola que fica na beira da estrada numa segunda-feira, e nesse mesmo dia, enquanto o sol se escondia atrás das colinas que cercam os prédios da vila, ele decidiu que ficaria morando ali. Embora já fosse tarde, continuava fazendo calor. Um calor que parecia mais seco naquela parte da cidade em que ainda não haviam chegado o calçamento nem as árvores.

"Um deserto", disse Ramón. E percebeu que aquele trambolho de ferro, que ele achava parecido com o esqueleto de um mamute, era grande o suficiente para que coubessem nele alguns móveis: um colchão embaixo daquilo que, cinco milhões de anos atrás, haviam sido as costelas, uma mesa no lugar da clavícula e um pequeno abajur na cavidade do olho. Instalaria o sistema de água seguindo a estrutura do que certa vez tinha sido uma imensa floresta de veias e nervos.

Terça-feira

Com a ajuda de algumas cordas e um sistema de roldanas que ele mesmo inventou, fez a mudança do seu apartamento para o outdoor em tempo recorde: não demorou mais do que três ou quatro horas. Ao terminar, pronunciou palavras que só ele ouviu porque lá em cima Ramón, além de ter uma vista panorâmica da cidade, estava exatamente como queria: sozinho.

A luz da casa do outdoor se acendeu, por volta das dez horas, bem no buraco da letra O da frase "COMPARTILHE A FELICIDADE", escrita com letras brancas numa das portas do conversível vermelho — como a latinha da bebida — dirigido pela mulher gigante do anúncio. Lembro-me disso porque coincidiu com o momento em que apaguei meu abajur.

— Vá dormir de uma vez por todas, Miguel.
— Sim, mamãe — eu disse.

Mas, em vez de obedecê-la, colei o ouvido na parede e ouvi a história de Ramón.

Quem falava ao telefone, no apartamento ao lado, era minha tia Paulina, que durante os últimos dez anos — eu tenho onze — tinha vivido com ele. Ramón receberia a mesma quantia que lhe pagavam na fábrica de PVC, onde trabalhava de segunda a sexta-feira, das oito às seis. No outdoor, por outro lado, poderia subir quando lhe desse vontade.

Será que o obrigaram a dormir lá em cima? Não, ele ia dormir lá porque queria. Foi a Coca-Cola que o contratou? Não, ele tinha sido contratado por uma empresa que trabalhava instalando outdoors nas estradas de toda a América Latina. Havia mais vagas? Na verdade, ela não sabia. Ramón tinha ficado completamente louco? Precisavam perguntar isso a ele, e não a ela.

O telefone não parava de tocar, então adormeci, ouvindo como minha tia Paulina repetia a história, e sonhei com um homem que jogava sacos de notas de um helicóptero. Os salários — era o que havia nos sacos — caíam sobre os outdoors: Nike, Panasonic, Ford, Gillette, Nestlé, L'Oréal, que estavam distribuídos em diferentes capitais: Santiago, Lima, Buenos Aires, Manágua, Cidade do México. Eu estava sentado dentro do helicóptero e notava que os outdoors tinham algo em comum: não importava em que cidade eram instalados, todos ficavam numa estrada que levava ao aeroporto. Dentro do sonho, eu sabia que estava sonhando porque, embora o vento entrasse pela janela do helicóptero, o chapéu do homem que distribuía as notas não se mexia.

Quarta-feira

Ramón ligou para o seu novo chefe para lhe dizer que decidira ficar vinte e quatro horas, sete dias por semana, no seu novo emprego. *Havia algum problema?* As três primeiras chamadas caíram numa gravação que dizia que o correio de voz não estava habilitado para receber mensagens. Na quarta tentativa, seu chefe, um certo Eliseo, respondeu:

— Vamos ver se você entendeu, Raúl.
— Ramón.
— Vamos ver se você entendeu, Ramón: sua função consiste em cuidar do outdoor, para que não roubem os holofotes. Se para fazer isso você quiser dormir lá em cima, se pendurar numa nuvem ou se esconder no mato, a verdade é que a gente não está nem aí.
— Tudo bem, obrigado — disse Ramón, que considerou o que ouvira como uma espécie de autorização municipal para habitar a nova casa.
— Eu que agradeço, Raúl, eu que agradeço.

Eu tinha onze anos e não precisava ter doze para perceber que teria sido mais lógico fazer essa ligação antes, e não depois, de realizar a mudança de casa. Onze anos morando no meu prédio, na vila e neste mundo me ajudaram a entender que ninguém se interessa muito pela lógica por aqui. Inclusive Ramón.

Contrato? Eles não o contratariam, era ele quem emitiria uma nota fiscal. Não importava, porque na fábrica de PVC — como em todas as fábricas nas quais o dono também era responsável pela fiscalização do cumprimento dos direitos trabalhistas e do pagamento dos salários — ele recebia um holerite no qual aparecia apenas a metade do dinheiro que recebia. O resto vinha como: horas e "dinheiro extra".

Eles não lhe dariam almoço, então Ramón cozinharia para si mesmo com a ajuda de um botijão de gás e um fogão de acampamento. Isso também não significava uma grande mudança: o almoço, pelo que ele sabia, só era oferecido em fábricas com mais de cem trabalhadores. Ou nos filmes, embora na verdade os trabalhadores nunca aparecessem neles. Preferiam policiais ou agentes dos serviços de emergência.

Meio contrato e um almoço. Mais se perdera na guerra, pensava Ramón, enquanto varria os restos de mosquitos, crocantes e suicidas, que, contrariando as teorias sobre o instinto de sobrevivência no mundo animal, se lançavam toda noite, como minúsculos kamikazes, contra os holofotes.

Quinta-feira

A vila é formada por uma dezena de prédios que, vistos de longe — do céu, por exemplo —, parecem enormes pecinhas de Lego. Cada um tem quatro andares de quatro apartamentos com as respectivas janelas que, de acordo com sua localização, dão para as escadas, para os muros, para a quadra ou para a estrada. Entediado, já tentei contá-las certa vez e o resultado, imagino que devido à minha falta de concentração, foi entre trezentos e trezentos e trinta.

Contudo, o importante não é o número exato de janelas, e sim a hora em que os vizinhos — homens, mulheres, crianças — olham através delas, em busca de uma espécie de saudade, prestes a ser esquecida, da visão do sol entre as colinas, que há anos ficou escondida atrás dos outdoors. Ou talvez, pensando bem, o gesto de olhar para o horizonte seja apenas o sinal que anuncia que mais um "maldito dia" está finalmente acabando. Cada um deve ter sua opinião. O importante é que, olhando por aquelas janelas, os vizinhos notaram que no outdoor da Coca-Cola havia uma casa. As opiniões, desde o início, se dividiram:

Havia os que exclamavam "ah, ah, ah", e que no fundo queriam dizer — sem se arriscar a fazê-lo — que Ramón era um idiota. Também havia quem perguntasse "o que ele está fazendo lá?", em busca de uma resposta cúmplice que confirmasse a tese dos risonhos: "Sim, era um idiota". Havia um terceiro grupo, mais sério, que sem rodeios fazia um diagnóstico psiquiátrico: "Ele é louco". "E que diferença havia entre um louco e um idiota?" "Nenhuma." A essa altura, a unanimidade teria sido alcançada, não fosse por alguns que apareciam no último minuto para dizer: "Que ele more onde quiser". Em relação a estes últimos, a tendência da maioria era fingir que não ouvira. Por fim, havia aqueles que não opinavam.

A história da humanidade demonstra que quem abre e quem fecha a lista — os que riem, os que ficam calados — acaba sendo mais perigoso. Mas essa história não é algo que tenha muita importância para o nosso relato; de modo que, por ora, enquanto as cabeças assomam das janelas dos prédios "apenas para olhar", a verdade é que não há nada com que se preocupar.

Sexta-feira

— Como a gente sobe no outdoor? — perguntei.
— Voando, Miguel, de que outra forma? — Paulina me respondeu, enquanto subíamos as escadas em que às vezes eu me sentava para esperá-la. Estava brincando, porque a verdade é que na casa do outdoor se subia por uma escada que, ao contrário daquela que ligava os andares e que agora me servia de assento, Ramón podia fechar, com duas tábuas em formato de cruz, quando queria que as pessoas de lá de baixo não o incomodassem.

— As pessoas de lá de baixo somos nós? — insisti, interessado.
— Sei lá, pergunte a ele.
— Podemos ir lá perguntar?
— Não, Miguel, é perigoso.
— Por quê?
— Porque, pelo que eu saiba, você não tem asas e, se cair, pode quebrar a cabeça.
— O Ramón tem asas?

Paulina ficou em silêncio. Ramón não tinha asas ou, se tivesse, escondidas sob a camisa, eram asas finas que um vento qualquer poderia quebrar.

— Vamos amanhã?
— Que encheção, Miguel.
— Por favor, Pauli.

Sábado e domingo

Se no fim do domingo eu tinha conseguido convencer Paulina a me levar até o outdoor, não foi só por minha insistência, mas porque desde o início sabíamos que Ramón não ficaria ali por muito tempo. Como as coisas que simplesmente se sabe e que existem para lembrá-lo de que:

nem tudo tem explicação
nem tudo se divide entre o que
termina bem e o que termina mal
nem tudo pode ser reparado.

Como os holofotes do outdoor, que no final desta história vão estar quebrados. Ou como o que gira lá em cima: corpos celestes, matéria cósmica, que mais cedo ou mais tarde acabarão se apagando. Isso é triste? "Triste, na prática, é que sua cerveja acabe", Ramón teria dito. E quem o escutasse o olharia como sempre: com um misto de desprezo e admiração.

OS DIAS SEGUINTES

Ele era estranho, mas não era má pessoa. O problema, o verdadeiro problema, dizia minha mãe, era que Ramón "enchia a lata". Dava para ver nos seus olhos vidrados, nas mãos trêmulas e naquele cheiro que a essa altura não vinha da sua boca, mas dos poros. "Você realmente não sente, Pauli?" A intenção da pergunta, mais do que obter uma resposta, era magoar Paulina, que sempre acabava lhe dizendo, de maneira muito gentil para o meu gosto: "Vá cuidar da sua vida".

"Eu digo isso porque te amo", respondia minha mãe. "Eu digo isso porque me importo com você." "Eu digo isso porque você é minha irmã mais nova", ela continuava. E no fim acabava chorando e dizendo que Paulina, Ramón, os moradores da maldita vila, meu pai — que havia desaparecido anos atrás — e eu éramos "uns sanguessugas, uns ingratos, uns estúpidos".

Família. Nessa época, decidi que assim vai se chamar o filme que farei um dia e no qual todos os protagonistas vão acabar desmaiados debaixo da mesa por terem bebido um líquido espesso e açucarado. "Amor" é a palavra que vai aparecer escrita no rótulo da garrafa que minha câmera focalizará pouco antes da palavra "Fim".

Estranho, mas não uma má pessoa. Ramón conhecia a frase desde criança.

Poderia ter respondido que já naquela época ele sabia que, se quisesse ouvir o canto dos pássaros que pousavam nos fios dos postes, precisava de silêncio. Ou, de modo mais simples: entre falar e ouvir, preferia o último.

Não era uma guerra contra o universo. Nem contra si mesmo. Ainda assim, houve feridos. A primeira foi sua mãe. Estranho. Em todos os grupos havia um estranho, e dessa vez o título, ela tinha certeza, seria do filho. Portanto, era ela — e não ele — quem sofria quando chegava a avaliação trimestral: acompanha regularmente o conteúdo das aulas. Cuida da sua higiene pessoal. Não participa das atividades em grupo. Ela, e não ele, que olhava pela janela as crianças brincando no aniversário para o qual Ramón, mais uma vez, não tinha sido convidado.

No início, obrigava-o a descer. Para brincar. Vamos ver se eles o convidam da próxima vez ("Você tem que fazer sua parte, Ramón"). E ele, sem protestar, descia, mas quando chegava lá, em vez de entrar no grupo, ficava olhando para cima: as nuvens que naquela hora cruzavam o céu, embora se parecessem bastante, eram diferentes das do dia anterior. Algo semelhante acontecia com as cores: com o passar dos dias, a paisagem — se é que se podia chamar assim as colinas cobertas de mato que circundavam a cidadezinha — sofria uma ligeira mudança.

Deve ter sido uma semana antes do seu aniversário número nove, depois de ver a cara de decepção que sua mãe fazia, mais uma vez, ao ler o relatório escolar, que ele resolveu se esforçar e ir até onde seus colegas estavam para entregar pequenos cartões convidando-os para o seu aniversário. Ramón estaria esperando por eles bem penteado e com a casa cheia de balões.

Alguns dias depois, enquanto sua mãe os enchia, ela sentiu que não apenas seus pulmões, mas também seu coração se esvaziava um pouco: e se eles não viessem? Isso significaria que Ramón, aos oito anos, havia fracassado como criança? Era culpa dele? Ou, pior ainda, dela? Não foi necessário buscar respostas, pois os convidados chegaram. E brincaram, riram e até explodiram uma pinhata.

Enquanto os escutava, a mãe se lembrou do dia em que tinha chegado do Sul com o filho nos braços para um dos prédios dessa mesma vila. Pois, embora os apartamentos fossem pequenos, havia casos curiosos em que o coração era grande e as famílias, que já viviam apinhadas, recebiam outras, que se acomodavam como podiam. A permanência, que se esperava que durasse alguns meses, quase sempre se estendia por anos. E lá estava ela, vendo o tempo passar, ao lado daquela criança que finalmente estava brincando com os outros. Seu filho.

O pequeno Ramón, que já começava a desenvolver o hábito de ter a cabeça em várias partes ao mesmo tempo, olhou para a mãe debruçada na janela e, sem perder a concentração na bola, percebeu no rosto dela algo parecido com um sorriso. Continuou correndo e decidiu que, para continuar a vê-lo, naquela cara que quase sempre estava triste, faria um esforço e pararia de procurar o silêncio. Ou melhor, faria uma pausa.

O álcool? Ele o conheceu na adolescência. Nada muito importante. Ou sim: o álcool foi uma descoberta bondosa, uma barreira entre ele e o ruído. E, como todos os alcoólicos do mundo, ele tinha certeza de que o abandonaria quando quisesse.

Não sei bem quantas vezes subi ao outdoor. Talvez umas nove ou dez. Em certas ocasiões com Paulina — uma das poucas pessoas com quem Ramón se esquecia da saudade da infância silenciosa —, em outras sozinho, e uma última vez que fui forçado pelos vizinhos, quando Ramón já não morava ali. Eu gostaria que tivessem sido mais, gostaria talvez de ficar morando lá em cima, mas nem sempre as coisas são como se sonha. Ao contrário, são bastante diferentes. O importante é que tivemos tempo suficiente para conversar um pouco. E também para ficar quietos e perceber que, quando os carros diminuem a velocidade, o vento começa a soprar mais forte.

Relações entre o que acontece em cima e o que acontece embaixo. Ramón tinha certeza de que existiam. Ele havia levado trinta e seis anos para encontrar o observatório de que precisava para continuar a busca pelo silêncio que interrompera aos nove anos. Um observatório e também um trabalho que, sem roubar seu tempo, lhe permitisse comprar um bom casaco e lhe garantisse um prato de comida. E também a cerveja.

Existiam fios, ele explicou. Fios delgados que conectavam as coisas. Essa manhã, enquanto estava escolhendo seus sapatos azuis, no exato momento em que os amarrava, um astrônomo descobria um par de estrelas de tipo espectral que, devido à alta temperatura da superfície, brilhavam com uma cor azulada. Sua escolha ajudara em algo? Em outras palavras, essa descoberta (lembro a você: estrelas azuladas) não seria o equivalente cósmico e fantasmagórico dos seus sapatos? E, se sim, você fez bem em não escolher sapatos pretos?

Relações entre o que acontece em cima e o que acontece embaixo. Você precisava se situar em algum lugar intermediário — não muito colado à terra e não muito perto do céu — para vê-las.

Quando, depois de atravessar a estrada que contorna a vila e caminhar ao longo da margem do canal, chegamos pela primeira vez aos pés do outdoor, Paulina me deu duas instruções: "vá na frente" e "não olhe pra baixo enquanto você sobe". Interessado como eu estava em chegar ao topo, fiz o que ela disse.

A nova casa de Ramón era exatamente como eu havia imaginado: um ninho desengonçado que parecia ter sido feito por um pássaro sem muito interesse pela continuidade da sua espécie. Todas as paredes — menos a que correspondia ao próprio outdoor, que era a mais firme de todas, ou a única firme, na verdade — apresentavam rachaduras entre uma prancha e outra por onde, como eu ia notando à medida que escurecia, a luz penetrava. Buracos pelos quais entravam raios que iluminavam apenas um objeto de cada vez: sol da xícara, satélite do pote de café, lua do pacote de açúcar.

Lembro-me de que Ramón me cumprimentou como se fosse a coisa mais normal do mundo que eu tivesse subido e, depois de me dizer para me sentar onde eu quisesse (na cadeira ou no chão), começou a falar com Paulina sobre como tinha sido o dia. Ela trabalhava como reabastecedora na seção de perfumaria do Supermercado Superior, então da sua boca saíam palavras como "bronzeadores", "gôndolas" e "depósito". Ramón, por outro lado, tentava lhe explicar o sistema de corrente elétrica que ele tinha instalado, graças ao qual, dentro de cinco minutos, poderíamos tomar uma sopa de pacotinho.

— Todo um planeta autossuficiente — disse Paulina, como para comemorar que a sopa tinha ficado boa.

— O que significa isso? — perguntei.

— Que você sabe fazer a sopa que toma. E também lavar o prato.

— Pra não incomodar?

— Pra que não te incomodem.

Depois de tomar a sopa e me oferecer para lavar a louça naquele emaranhado de baldes, garrafas e mangueiras, nos sentamos para olhar a paisagem. Pelas janelas dos prédios passavam as sombras das crianças, que àquela hora protestavam porque era hora de dormir, e as sombras dos adultos que, cansados, desabavam diante dos televisores. Também as dos avós que, de tão calados, estavam a ponto de se confundir com as manchas de umidade das paredes. Um pouco mais acima, apareciam as estrelas, que se refletiam nas águas do canal.

— O que você está olhando tão concentrado? — Paulina perguntou a Ramón.

— Dois pontos azuis que não estavam lá ontem — disse ele, e tomou um pouco de cerveja.

— Deviam estar encobertos pelas nuvens.

— Deve ser isso — respondeu Ramón, que entre suas estratégias de sobrevivência tinha uma que lhe servia bastante: deixar que a última palavra ficasse com seu interlocutor.

— Deve ser isso — repetiu Paulina, como para lembrá-lo de que, depois de tantos anos morando com ele, ela o conhecia tanto quanto uma pessoa pode conhecer a outra, ou seja, mais ou menos.

Antes de descer, Paulina e eu demos uma última olhada nas estrelas, ato que repeti todas as vezes que subi. No caminho de volta, brincamos de cego e cachorro. Era simples: o cão, inteligente como era, dava instruções: seguir, perigo, virar à direita, atenção, parar, virar à esquerda. O cego, que quase sempre era eu, o seguia de olhos fechados.

Os fios que mantinham as coisas unidas pareciam seguir leis que funcionavam de maneira semelhante ao sistema de cordas e roldanas que Ramón havia usado para subir os móveis. Qualquer excesso de peso, qualquer falha no tecido de alguma das cordas, poderia fazer todo o mecanismo sucumbir, derrubando uma mesa, uma cadeira ou todo o céu.

— Ação e reação — Ramón me disse um dia.
— O que isso significa?
— Que a terra é redonda e, se você atirar uma pedra com força suficiente pra frente, recebe a mesma pedra pelas costas.
— Ninguém é tão forte — argumentei.
— Ação e reação — voltou a dizer, ignorando minha resposta.

A verdade é que Ramón fazia suas poucas conversas avançar e retroceder como se estivesse brincando com uma mola. Um costume que, lá no alto, com a possibilidade de beber sem que ninguém contasse as latas vazias, foi se acentuando. Em vez de atribuir isso a um desinteresse da sua parte, eu gostava de pensar que ele tinha a capacidade de falar com os outros e consigo mesmo simultaneamente. As contradições e lacunas, que ele não se preocupava nem um pouco em preencher, se deviam, a meu ver, ao esforço que essa comunicação bidirecional implicava. Claro que também havia aqueles que, sem menosprezá-lo, simplificavam o assunto:

— Ele é louco — dizia minha mãe.
— Louco — repetia a vizinha, enquanto lavava a louça num dos apartamentos, três andares acima.

Graças à soma de natureza humana e falhas arquitetônicas, o prédio em que morávamos, como a maioria dos prédios do mundo, era um sofisticado sistema de ecos e ressonâncias.

O que alguém falava na sala do 2-B podia ser ouvido na cozinha do 3-D ou do 4-A, graças à fina espessura das paredes e à economia que a construtora tinha feito em encanamento e nos acabamentos. Palavras, roncos e gemidos atravessavam as paredes e viajavam por estradas interiores a toda a velocidade. Se somássemos a isso o gosto do ser humano por descobrir o que se passa em outras casas, o resultado era uma rede de comunicação gratuita e sufocante que lembrava um pouco uma teia de aranha.

— Ainda está lá? — dizia alguém do 4-A.
— Está — respondiam do 3-B.

O deslocamento de uma das peças do tabuleiro — Ramón — para cima não significava que as peças de baixo — a loucura progressiva da minha mãe, a escola, o trabalho de Paulina — tivessem parado sua marcha. O que quero dizer é que, enquanto Ramón começava sua nova vida no outdoor, as coisas e nós, que éramos os que faziam que essas coisas fossem para um lado ou para o outro, continuávamos a funcionar no nosso próprio ritmo.

Minha mãe era dona de uma das mercearias da vila e participava ativamente do Conselho de Moradores. Em ambos os locais, ela achava que abusavam, embora no primeiro fosse ela que dobrava os preços e, no segundo, ela que propunha os temas a ser discutidos. E havia um terceiro lugar: a família, composta por Paulina, Ramón, o fantasma do meu pai (que continuava vivo em algum lugar) e eu. Prejudicá-la, nós queríamos prejudicá-la, dizia. Com nossa presença, com nossa respiração, com aquela cara de tontos com que a olhávamos quando ela tinha acessos de raiva.

Assumira o encargo de cuidar da irmã quando a mãe delas morreu, e era assim que Paulina retribuía. Nem eu nem Paulina entendíamos o que minha mãe depositava na palavra "assim", mas concordávamos que às vezes era melhor não perguntar.

Eu também era um fardo nas suas costas desde o dia em que meu pai disse que estava saindo e já voltava, mas, como a maioria dos da sua espécie — pais —, não tinha voltado. Então minha mãe cuidava sozinha das minhas roupas, da minha comida e de algo um pouco mais difuso que poderíamos chamar de minha educação. Também de me oferecer um amor que com bastante facilidade se transformava em ódio.

Eu gostaria de aliviar esse peso: em vez de dois pães, estava disposto a comer apenas um. Também me dispunha a usar as mesmas meias por vários dias para economizar e diminuir aquele sofrimento pelo qual, por carregar o sangue do imbecil do meu pai, eu me sentia em parte responsável. Mas isso teria ajudado?

O excesso de dramatismo acentuava um veio criativo que nos levava a interpretar peças de teatro às quais os vizinhos assistiam encantados.

Uma voz em off diz: "Seu pai vai me pagar" (tudo o mais, exceto o barulho que os pratos e a música farão, acontecerá como nos filmes mudos).

1. Minha mãe pega um prato e o atira contra a parede.

2. Eu saio e toco a campainha do apartamento ao lado.

3. Paulina, que mora ali, abre a porta e faz um gesto com a mão que significa: sua mãe é louca.

4. Paulina fecha a porta e põe uma música alta, para abafar o barulho dos pratos se quebrando.

5. Finjo que me esqueci dos pratos. Paulina finge que não está acontecendo nada. No fim, acabo me esquecendo mesmo, até que minha mãe aparece à porta e diz: "Miguel, está na hora de comer".

Os vizinhos aplaudem, fecham as cortinas e continuam assistindo na televisão àquele programa em que um homem se comunica telepaticamente com os animais.

À parte final da peça, só assisto eu. Minha mãe vai para a cama, cansada de ter lidado o dia todo com os clientes da mercearia — que, não podendo comprar um quilo inteiro de nada, a obrigam a embrulhar tudo em pacotes de 250 gramas —, cansada de lidar comigo e, acima de tudo, cansada de lidar com a distância que existe entre a imagem que ela tem de si mesma e a que nós temos.

"Espelho, espelho meu", diz ela, já com um pé no sonho, "quem é a mais trabalhadora, a mais generosa, a mais forte?" E acontece que o maldito espelho, em vez de dizer seu nome, responde: Paulina, ou pior, nomeia a mulher com quem dizem que meu pai mora, a apenas algumas quadras daqui. Assim, quando começam os gemidos amorosos do casal do 2-A, quem ela escuta é meu pai e "aquela puta". Já adormecida, ela continua na luta e olha pela janela do sonho para gritar que se calem. Entusiasmados, como costumam estar, eles a ignoram, então minha mãe decide cortar o mal pela raiz: abrir o saco de raiva que ela carrega dentro de si e preenchê-lo um pouco mais. Um pouco mais.

A escola não teve a menor importância para mim. Claro, eu a frequentei todos os dias, sentei-me na carteira, abri os livros e escrevi nos cadernos. Minhas notas eram regulares. Não tinha amigos de quem me lembrar, mas sim conhecidos o suficiente para não ficar olhando quando eles jogavam bola no recreio. Eu jogava e, se fosse preciso empurrar ou dar cotoveladas na hora do escanteio, eu dava. Também dava chutes. Nunca tive um assunto favorito, mas tinha uma hora favorita: a que anunciava que o dia letivo havia acabado.

Eu não fui um aluno exemplar, mas um bom exemplo do que é um aluno.

Quando Paulina chegava ao Supermercado Superior, a primeira coisa que fazia era arrumar os xampus da marca Linden na prateleira. Fúcsia, laranja, amarelo, branco, verde. A visão daquele arco-íris de embalagens de plástico, somada ao som das caixas registradoras e ao cheiro do desinfetante com que limpavam os corredores, provocava nela um efeito lisérgico.

Naquele dia, Ramón estava no outdoor e estirava um arame. Em algum lugar do céu aquele fio se enganchava, firme o suficiente para que se subisse por ele. Ramón subia, subia, subia, até se perder na escuridão. Lá embaixo, alguns cachorros latiam e faróis se acendiam, iluminando uma chuva de asas de insetos que se desfazia antes de atingir o solo.

As viagens, além de ser muito vívidas, eram breves, e Paulina, sem sair do supermercado, visitava desde praças de cidades estrangeiras até cenas de filmes que não tinha visto. Ela gostaria de saber se esses deslocamentos eram tão reais quanto lhe pareciam. Ver se realmente aparecia, como figurante, num desses filmes. Ela achava que era um bom trabalho, um sonho, no qual Paulina entrava do mesmo jeito que tudo na vida: sem se questionar muito e sem encontrar muitas resistências.

Pois Paulina — ao contrário da minha mãe, que insistia em ser o centro de tudo — era uma corrente que fluía pelos acontecimentos e objetos com os quais topava no corredor do supermercado e no caminho da vida, que para ela eram a mesma coisa. Essa capacidade talvez surgisse como resultado do trabalho físico que implicava carregar as caixas do depósito para as gôndolas. Ou simplesmente se tratava de uma predisposição natural para se concentrar nos problemas de hoje em vez dos de ontem ou de depois de amanhã.

Não, a verdade é que não parecia um trabalho ruim ser figurante de cinema, ela pensava enquanto arrumava os bronzeadores. Você andava pela rua por onde o ator principal passava ou se sentava numa das escrivaninhas do escritório do protagonista e, no final do dia, eles te pagavam apenas por ter estado lá.

Da minha janela, eu via Paulina subir.

Não podia ouvir, apenas imaginar as conversas que ela tinha com Ramón:

— Por que você gosta de ficar aqui? — perguntava ela.
— Escute — respondia ele.
— Tudo o que ouço é um carro se afastando.
— Por isso.

O caráter de Ramón era algo que os outros sempre sentiam necessidade de interpretar. E, como acontece com as interpretações, cada um inventava o que lhe dava na telha. Na fábrica de PVC, onde trabalhara até algumas semanas atrás, diziam que ele tinha ficado traumatizado quando, anos atrás, a máquina de corte confundira o braço de um dos seus colegas com o tubo. No dia seguinte, todos falavam da poça de sangue e de como o acidentado se contorcia, conversa que repetiriam meses depois, na ação trabalhista, quando a empresa decidiu que não pagaria pela prótese porque quem tinha sido tonto fora aquele que agora estava sem um braço, e não a máquina. Ramón, ao contrário dos outros, só se lembrava do guincho rouco que tinha saído da máquina enquanto o osso se partia.

— Uma mescla entre o crepitar de uma árvore e um carro que freia de repente.

— Você ouve o crepitar das árvores? — o advogado perguntara a ele, com a esperança de finalmente ter encontrado uma circunstância atenuante em favor do seu cliente.

— Às vezes — Ramón respondeu, sem perceber a intenção do advogado. E acrescentou: — No outono.

Se ele mesmo buscava uma explicação, aquele barulho de faca, osso e cartilagem que havia despertado — de novo — sua necessidade de distância, parecia-lhe o eco de um som que ouviu mais ou menos no quinto mês da sua própria gestação, através do líquido amniótico no qual até então flutuava tão confortavelmente.

"O barulho do mundo", explicara-lhe a psicóloga que depois do acidente visitara a fábrica, tendo entrevistado durante vinte minutos cada um dos que se encontravam a um diâmetro de oito metros e meio do acidentado, graças a um plano-piloto do sindicato de trabalhadores.

— Você quer que eu o encaminhe a um psiquiatra?
— Não é necessário — disse Ramón.
— Alguma outra queixa?
— Um pouco de dor de cabeça pela manhã.
— Uma última questão de praxe: você acha que os personagens que aparecem na televisão estão tentando estabelecer um diálogo direto com você?
— Não.

Água e aspirina, a psicóloga tinha recomendado. E se o barulho ficasse muito irritante, Alprazolam. Ela lhe daria o endereço de um lugar onde era possível comprar sem receita.

Ramón só se preocupara com a questão da água, mais por uma necessidade do próprio corpo do que para seguir a recomendação da psicóloga. Não sentia necessidade da aspirina e do Alprazolam, ainda menos agora que a altura impunha uma barreira natural entre ele e tudo o mais.

"O barulho do mundo", dizia Ramón a si mesmo. Palavras de amor. Dados. Instruções. Repreensões. Risos. Explicações. E um disparo ou outro que, em meio a tanto estímulo auditivo, não se sabia se era real ou imaginário.

— Eles parecem ter se esticado.
— Eles quem? — perguntou Paulina.

— Os sons.
— (...)
— Vamos dar uma olhada melhor nas estrelas. Veja aquela que está aparecendo ali na colina, você sabe como se chama? — perguntou Ramón.
— Como vou saber?
— Chama-se "Pauli".
— Sim, claro.
— Eu sou o guardião de todas elas e também o encarregado de nomeá-las.
— Você é um bobo, Ramón.

Eles disseram algo desse tipo. Então riram e se deram as mãos.

O tempo todo que Ramón esteve no outdoor, eu também estive lá. Pois entre uma visita e outra houve um espaço que eu preenchi de conversas e de vistas imaginárias da cidade. O próprio Ramón, que até algumas semanas atrás era apenas marido da minha tia, quando subiu à casa do outdoor se transformou numa figura intermediária entre um amigo, um pássaro e um professor. Essa mescla eu nunca tinha visto antes, e nunca voltaria a ver.

Naquela espécie de febre baixa experimentada por alguém que, de um dia para o outro, sente que seu cotidiano se transforma numa vida interessante — naquela época, além de amigo, eu me sentia cúmplice de Ramón —, em vez de procurar no dicionário pelas palavras que me solicitavam de dever de casa, procurava minhas próprias palavras.

Pássaro: Ave, principalmente se for pequena.
Homem: Ser animal racional, masculino ou feminino. O homem pré-histórico.

Quando o professor me perguntava por que eu estava de novo sem minha tarefa, nem sequer me dava o trabalho de responder. Meu silêncio — o que eu poderia responder? — era confundido pelos meus companheiros com uma espécie de rebeldia. E aconteceu o que acontece com os rebeldes: 30% ficaram desconfiados e 70% começaram a sentir por mim algo parecido com admiração. Se minha classe tinha quarenta e cinco alunos, façam as contas.

Havia noites em que um dos colegas da fábrica ou algum vizinho passava pelo outdoor:

— Você encontrou uma boa casa, Ramoncito.

Depois de jogar conversa fora, sempre chegavam à pergunta que queriam fazer: em que consistia seu trabalho? Cuidar dos holofotes? Não podia ser só isso. Teria sido muito simples, muito bom. E já haviam percorrido um bom trecho da vida — fábricas decadentes, supermercados, portarias, cozinhas — para comprovar que as coisas nunca eram assim.

Os cigarros, vistos de longe, brilhavam como se fossem vaga-lumes.

— E o que você faz quando os holofotes estão apagados? — perguntava o incrédulo da vez.
— Olho pro céu.
— Bom trabalho, Ramoncito, bom trabalho.
— Saúde.
— Saúde.

As conversas no outdoor coincidiam com as que Paulina começava a ter consigo mesma. Mais do que diálogos, tratava-se na verdade de uma revisão do passado para ver se ela conseguia captar a palavra ou o movimento com o qual tinha começado aquele afastamento que agora podia ser medido com uma escada.

Não era verdade que ela não tinha notado.

Fazia algumas noites que vinha se lembrando do par de caracóis que se esconderam entre as verduras que trouxe da mercearia e que ela depois depositou com cuidado no pote da cozinha. Durante horas, um seguiu o outro e vice-versa até que, quando finalmente se encontraram, acasalaram com a ternura própria dos pequenos animais.

Não, não era verdade que ela não tinha percebido, dizia a si mesma com a tranquilidade de quem não pede, mas também não dá explicações.

Até mesmo um amor como este — pequenos animais e seres humanos, nesse ponto do seu pensamento, se encontravam — era obrigado a entrar no tempo. E o tempo fazia o que sabia: seguir em frente, sem esperar por ninguém.

A recordação que insistia em aparecer acabava no momento em que os caracóis abandonavam o pote de terra e seguiam seu caminho, em distintas rotas, cada um em direção à memória do outro.

Prática como era, a partir da visão do pote abandonado, Paulina reuniu todas as perguntas que tinha numa só: "Você planeja ficar no outdoor pra sempre, Ramón?".

Ele, como era de se esperar, não disse nada. Sabia que, uma vez capturados em palavras, os fatos que circulavam no ar se tornavam uma presença concreta. Ou uma ausência, no seu caso.

Eu observava as silhuetas da janela, não para me imiscuir nas suas conversas ou para decidir se Ramón era outro covarde ou não, mas para comprovar que a casa do outdoor continuava ali. Também com a intenção de estender meus próprios fios. E eu estava nisso, olhando para fora, quando observei que ao longe havia uma fogueira pela qual dois adultos e três crianças tentavam se proteger do frio. Não, não era uma, mas duas, três, quatro, cinco, seis, sete as fogueiras acesas perto do que, vistos de longe, pareciam ser os pés do outdoor.

— E aquelas luzes ali? — perguntou minha mãe, que espiava pela outra janela.

— Fogueiras — respondeu o vizinho do 4-A.

— Era só o que nos faltava — respondeu alguém do 3-C.

— Eu já sabia que a casa do outdoor era um sinal de desordem, um mau presságio — concluiu minha mãe, que entre suas muitas ocupações tinha também a de começar e encerrar os diálogos.

Tratariam de ambas as questões na próxima reunião do Conselho de Moradores.

Às segundas, quartas e sextas, Paulina encerrava seu turno no Supermercado Superior às seis da tarde. Naqueles dias, eu ia buscá-la. Gostava de entrar lá, porque aproveitava para encher os bolsos da mochila com barrinhas de Sahne-Nuss e porque, quando me viam, seus colegas falavam: "Como seu filho está grande".

No início, Paulina esclarecia que eu era seu sobrinho, mas como da próxima vez que me viam voltavam a insistir que eu era seu filho — e estava grande —, ela decidiu deixar por isso mesmo.

— Seus colegas são tontos? — perguntei a ela um dia.
— Deve ser o desinfetante que passam no piso, você não sente o cheiro?
— A gente sente em toda a vila, mas o que isso tem a ver?
— Talvez afete a memória. Como é mesmo seu nome?

Paulina me contou que, quando reclamavam do cheiro para o Chefe dos Corredores, ele respondia com uma história daquelas de que tanto gostava — histórias da vida real: o desinfetante Lynox, que compravam a granel, era made in Thailand. Cada vez que produziam o suficiente para encher um novo contêiner — cerca de 15200 litros —, um operário da fábrica que ficava do outro lado do mundo era atingido por um tipo de morte que só existia nos países asiáticos: morte pelo trabalho.

As mudanças de lugar de certos produtos — linguiças que apareciam na prateleira dos vinhos e embalagens de leite que apareciam no mostruário de cremes para as mãos — não eram o indício de tentativas frustradas de roubo, mas sim brincadeiras dos fantasmas que viajavam no interior dos galões.

O método motivacional que mesclava componentes geográficos (a menção a países distantes e eventuais países vizinhos) com recursos do imaginário local (o gosto por demônios, fantasmas e aparições) tinha, nas palavras de um estudante de filosofia que trabalhava na Seção de Laticínios, uma base socrática e visava estimular o raciocínio coletivo: esse era o pior canto do mapa? Alguém tinha morrido no Supermercado Superior por causa do cheiro do desinfetante? A resposta em ambos os casos era "não", portanto "menos reclamações e mais trabalho", dizia o Chefe dos Corredores. "E quem não gostar, a porta de saída fica no final do corredor da Quitanda, entre os caixas 4 e 6."

Paulina e seus colegas poderiam ter chorado, mas a verdade é que na maioria das vezes riam. E era para não romper a fantasia familiar da qual tanto gostavam — queriam o melhor para ela e isso, embora as evidências mostrassem o contrário, era uma família — que eu, quando aparecia no corredor, a cumprimentava: "Oi, mãe", e lhe piscava um olho. Ela respondia: "Oi, filhinho".

Meu cérebro, como a maioria dos cérebros humanos, tinha dificuldade em entender as piadas que ele próprio emitia, então a partir daquele jogo comecei a desenvolver uma espécie de instinto filial com medo de abandono que me permitia ler os olhares que Paulina trocava com estranhos. Também ao contrário.

— Oi, garoto — o vigia me cumprimentou e fingiu vasculhar minha mochila procurando os chocolates que eu, obviamente, guardara no bolso.

Paulina riu. O vigia riu.
Eu não disse nada, mas olhei para ele com toda a seriedade que alguém é capaz de ter aos onze anos.

— O que você tem? — perguntou Paulina ao perceber que, no caminho do Supermercado Superior até o outdoor, eu estava seguindo meu plano de não falar com ela.

— O que você acha?
— Você me dá um Sahne-Nuss?
— Não tenho — eu ri, e dei a ela uma barra.
— Ladrão — disse Paulina, e tirou da mochila uma lata de Sprite, que eu não tinha visto se ela comprara no supermercado ou em algum dos quiosques por aqui.

Encontramos Ramón exatamente como o havíamos deixado dias antes: sentado, olhando para as colinas. Cumprimentamos e ele nos observou como se demorasse um pouco para nos enfocar. A casa continuava a mesma, exceto por uma pequena colina interior que se formara com as latas de cerveja vazias e que combinava perfeitamente com a paisagem.

Não sei se Ramón ficou feliz em nos ver ou antes se lembrou de que, como nós, ele era um ser humano que precisava de comida de vez em quando. De qualquer forma, ele nos convidou a sentar e acrescentou uma xícara de arroz para cada um de nós na sopa de pacotinho. Como forma de agradecimento, quando terminamos, coloquei na mesa meus chocolates restantes, que acompanhamos com uma xícara de chá. Paulina falava da época em que ela e Ramón foram à escola — além de vizinhos, tinham sido colegas de classe depois que ele, três anos mais velho, repetiu duas vezes — quando, ao longe, ouvimos as vozes de algumas crianças.

— Estão brincando de construir uma cidade de barro — disse Ramón.

— Como você sabe? — perguntei.

— Ouço a voz de uma menina que diz: "está sobrando uma casa", "está faltando uma rua".

— São crianças da vila? — perguntou Paulina.

— Acho que são dos barracos que estão se instalando na margem do canal.

— Outra vez?
— Outra vez.

Não eram seis ou sete, como eu havia calculado no dia anterior da minha janela, e sim mais de dez fogueiras que, ao cair da noite, se acendiam como se fossem os restos de uma estrela que, cansada, desabara sobre a Terra.

— A estrela dos Sem-Casa — disse Ramón.
— Quando chegaram? — Paulina perguntou, como se fossem pessoas que ela conhecia.
— Alguns dias atrás.

Lá embaixo, as crianças ainda estavam ocupadas e suas vozes chegavam ao outdoor impulsionadas pelo vento:

— Aquele telhado ficou estranho e está faltando uma janela naquela casa — disse a menina, que parecia ser a dona do conhecimento e, portanto, a responsável por dar instruções às duas crianças mais novas que brincavam com ela.

— Esse aí sempre se engana — disse uma das crianças, apontando para a outra com um movimento de cabeça, sem tirar as mãos do barro.

— É você que se engana — defendeu-se o acusado.

A menina, que não estava ali para atuar como juíza, mas como diretora da obra, os ignorava e continuava concentrada na cidade.

— Assim como está ficando, vai resistir à chuva?

As crianças olhavam para ela e não diziam nada.

— Vai resistir a tempestades? A terremotos?

Um deles começou a se sacudir como se o chão se movesse sob seus pés. O outro fez o mesmo e então, depois do cataclismo imaginário, os três gritaram e caíram na gargalhada.

Quando, uma hora depois, Paulina e eu descemos do outdoor (com cuidado, sem olhar para baixo), as crianças ainda estavam lá. "Boa noite", disse ela, e a garota, que me pareceu familiar, olhou para ela, mas não falou nada.

Contornamos o canal e atravessamos a estrada. Já na vila, Paulina pôs o dedo em cima da boca, num gesto de silêncio, para me lembrar de algo que, de tão óbvio, podia não ser: era melhor não comentar as visitas à casa do outdoor com ninguém.

Quando abri a porta do meu apartamento, encontrei minha mãe:

— Onde você estava, Miguel?
— Na casa de um colega.
— Que colega?
— Um colega.

Eu sabia que uma das coisas que a incomodava — entre várias outras — era que eu repetisse o que ela dizia; então, como havia calculado, ganhei um castigo: direto para a cama, sem jantar. Melhor, porque depois da sopa com arroz eu já estava cheio.

Que uma parte da minha vida e os sonhos que eu tinha acordado acontecessem lá em cima não significava que eu abandonasse a vida aqui de baixo. Então, como todo mês, acompanhei minha mãe à reunião do Conselho de Moradores. Éramos várias crianças que iam não para ouvir, mas para comer os sanduíches e os biscoitos distribuídos no final. Tudo acompanhado de bebida ou café para os mais friorentos. Ficou claro para nós que o último ponto era inamovível quando o vizinho do 3-A trouxe uma caixa de vinho — com copinhos de plástico — e houve um grupo que ameaçou expulsá-lo não só da reunião, mas da vila, porque o que ele queria era "promover o alcoolismo na população". Nós, crianças, olhamos uma para a outra, e acho que vários de nós imaginamos — sem entender se quando falavam "população" se referiam à população da vila ou à população mundial — o vizinho distribuindo seus copinhos de vinho em países que provavelmente não chegaríamos a conhecer, mas recitávamos de cor nas aulas de História e Geografia: "Áustria, Hungria, República Tcheca, Croácia, Itália, Polônia, Ucrânia" e todos os países do antigo Império Austro-Húngaro, bêbados por causa do vizinho.

A reunião sempre começava com a pauta que o secretário ou secretária escolhido anotava na lousa. Desta vez era:

1. Iluminação pública.

2. Os Sem-Casa.

3. Dia das Crianças.

4. Ramón.

O que disseram, seguindo a mesma ordem, foi mais ou menos assim:

1. Precisavam instalar mais luzes, porque a rua estava ficando cada vez mais perigosa. Luz elétrica nas cercas. Luz nas ruas. Luz que iluminasse até debaixo do solo. Para quê? Para que ninguém acabasse entregando, além da bolsa, a vida. Para isso. Será que não estamos exagerando, influenciados pelas notícias? Vamos ver, vizinha, você que é tão boa de análise: o grupo que se reúne à noite ali na esquina, você acha que eles se reúnem para recitar poesia?

2. Precisavam tirar os Sem-Casa antes que fosse tarde demais e o bairro de papelão criasse raízes na margem do canal. Eles tinham sentido o cheiro das fogueiras? Eles precisavam de um lugar, claro, mas tinha de ser bem aqui, com tanta cidade? Quando chegaria o dia em que eles teriam um pouco de paz? Os Sem-Casa?, alguém perguntou. Não, o pessoal da vila. Bem, os Sem-Casa também e, já que estavam falando nisso: paz para o mundo inteiro.

3. Precisavam comprar balões e doces para a comemoração do Dia das Crianças que aconteceria na quadra de futebol ou na sede, se chovesse (como no ano passado

em que todo mundo acabou indo para casa molhado e, o pior de tudo, com um humor do cão; pois tinham se esforçado tanto para que tudo desse certo, os balões, o filme, os doces, e tudo deu errado, como sempre que planejavam algo: tão mal que houve vários — e quando disseram "vários" todos olharam para a vizinha do 3-A, famosa por ter mão pesada — que, uma vez em casa, terminaram descontando nos festejados. Não queriam que isso acontecesse de novo).

4. Por último, como Paulina não tinha vindo de novo, precisavam que minha mãe falasse com ela para que transmitisse a mensagem a Ramón. Por favor, que desmontasse aquele trambolho ridículo. O que as pessoas pensariam quando o vissem? Que ali eram todos uns desajustados? Não, eram pessoas decentes que tomavam banho de manhã, trabalhavam durante o dia e dormiam à noite. É verdade que havia um par de vagabundos, como em todo lugar, mas que esse vagabundo fosse a primeira coisa que viam quando olhavam pela janela, isso já era diferente. O que as crianças iriam pensar? Que ficar ali, sem fazer nada, era um trabalho? Deixe que ele viva onde quiser, disse alguém, ao mesmo tempo que o vizinho do 2-B agitava a mão no ar, como se quisesse apagar o comentário que tinham acabado de ouvir.

A reunião terminou, como sempre, com as crianças brigando pelos sanduíches. Lembro-me de que, quando voltamos para o prédio, minha mãe tocou a campainha para chamar Paulina, mas ninguém atendeu. Também que ela disse, falando não comigo, mas consigo mesma: "Onde é que essa aí se meteu?".

Eu sabia que "essa aí" provavelmente estava na casa do outdoor, então quando, já dentro do apartamento, minha mãe se aproximou da janela, pedi a ela que, por favor, me ajudasse com meu dever de matemática. "Não é hora de fazer a lição de casa, então amanhã você se ajeita como puder", disse ela, e logo em seguida fez o que eu esperava: esqueceu o que tinha vindo olhar e, com um puxão, fechou a cortina.

Com minha mãe era possível ter uma pausa, mas não escapatória. Portanto, no dia seguinte, Paulina recebeu uma enxurrada de mensagens dizendo-lhe para passar no apartamento porque minha mãe precisava falar com ela. Quando finalmente bateram na porta, as duas tinham tido o dia todo — um lindo dia — para acumular raiva.

Não consigo reproduzir a conversa que se seguiu porque, em vez de ficar para ouvir, preferi me trancar no quarto. Eu não queria saber. Mas não importava, porque eu já expliquei que o som atravessa essas paredes sem pedir licença. "Trambolho", "sujo(s)", "ocioso(s)" foram algumas das palavras que minha mãe cuspiu, como se fosse uma espécie de Máquina de Repetição que funcionava, *ad honorem*, para o Conselho de Moradores.

Talvez naquele momento eu devesse ter percebido que Ramón e os Sem-Casa estavam começando a compartilhar a mesma galáxia chamada "o problema", mas não percebi. Em vez disso, concentrei-me no que Paulina, não sei se zangada ou triste, respondia à minha mãe: Ramón não estava incomodando ninguém. Ele tinha o direito de viver como quisesse. Os ociosos eram eles.

A última coisa que ouvi foi uma porta batendo. E que minha mãe gritava com ela: "Estúpida".

Não sei se Paulina ouviu. Nem se ela se importava ou se, depois de trinta anos de violentas demonstrações de afeto e preocupação, tudo lhe chegava na forma de um eco que, por vir de muito longe, se convertia num som vazio.

Naquela mesma noite, a sombra de Paulina subiu a escada que unia o chão à casa do outdoor.

— Estou com medo, Ramón.
— De quê, Pauli?
— De que aconteça algo com você.
— E o que pode me acontecer?
— Não sei, mas eles não gostam que você fique aqui.
— Eles quem?
— O pessoal da vila.
— Eles não vão vir aqui, não se preocupe.
— E como você sabe?
— Eu sei, só sei.

Paulina sorriu com relutância, e as duas sombras se sentaram, dessa vez sem dar as mãos e separadas por um pouco de noite.

Uma das coisas que entendi naquela época é que os seres humanos são muito parecidos. Em outras palavras, se alguém está interessado em algo, é provável que esse algo também desperte o interesse de outras pessoas.

Talvez isso explicasse os olhares que eu tinha recebido das outras crianças no dia da reunião do Conselho de Moradores, e que timidamente começavam a aparecer no pátio da escola. Não que fossem diferentes dos habituais, pois a verdade é que ninguém me levava muito em consideração, eram apenas olhares que antes não existiam e agora sim.

Ao homem no outdoor às vezes se somava uma mulher e, o que era mais impressionante, uma criança. Tinham visto da janela e com os próprios olhos: aquele menino não usava escada, porque subia voando. Aquele menino podia beber, quando quisesse, a grande Coca-Cola. Aquele menino tinha direito a viagens grátis de avião, pois além de criança era pássaro, piloto e astronauta. Acho que as perguntas que surgiram foram um anúncio. E eu deveria ter prestado atenção. Mas não prestei.

— É você, Miguel? — perguntavam meus companheiros. Eu olhava para eles como se não entendesse.

— É verdade que é você, Miguel? — eles insistiam. Eu não dizia que sim. Mas também não negava.

Aquele halo de importância, valorizado sobretudo por aqueles de nós que nunca foram importantes, exigia que eu avançasse por um caminho que, até então, não me interessara nem um pouco: coragem e independência. Em termos concretos, não era a mesma coisa que "aquela criança" escalasse o outdoor com a tia, acompanhando-a dois passos atrás, ou que ela escalasse sozinha. E se alguma das crianças que agora olhavam para mim no pátio, talvez os pequenos que eram os mais impressionáveis, me visse subir, seguro e confiante, tanto melhor.

— O que você está fazendo aqui, Miguel? — Ramón perguntou, quando viu minha cabeça que assomava.

— Passei pra dar um oi — respondi.

Em vez de me dizer para descer e me dar um sermão sobre os perigos da altura, Ramón desocupou a mesa e me preparou um chá, então peguei meus cadernos e comecei a fazer o dever de casa. Por uma espécie de equívoco, frequente nos nossos professores, depois de avançar alguns capítulos no livro de História e Geografia, tínhamos voltado às capitais latino-americanas. Brasil: Brasília; El Salvador: San Salvador; Guatemala: Cidade da Guatemala; Panamá: Cidade do Panamá. Quando chegava o México: Cidade do México, uma criança mais ou menos esperta já teria percebido que, se o encarregado de nomear as capitais não tinha se esforçado muito para fazer seu trabalho, ela também não precisava se esforçar para continuar a tarefa.

— E a cidade de barro? — perguntou Ramón, que me ouvira repetir em voz alta.
— Não aparece no mapa — respondi, rindo.

Ramón ficou calado. E talvez tenha sido esse silêncio, adicionado à altura, que dirigiu minha mente para baixo. Eu havia ficado minúsculo e caminhava pelas ruas tortuosas e maltratadas da cidade que a menina e seus irmãos continuavam moldando aos pés do outdoor. "Está sobrando uma casa, está faltando uma rua", dizia um deus de terra úmida que, acostumado como estava a falar sozinho, não esperava que sua opinião fosse levada em consideração por nenhuma civilização. "Está sobrando um edifício, está faltando uma porta." Quando olhei para baixo, vi que as crianças do outro dia estavam lá novamente.

— Que horas eles vêm? — perguntei.
— No fim da tarde — disse Ramón.
— E o fim da tarde é que horas?
— Acho que por volta das sete.

Desapegar-se do chão tinha seus inconvenientes, porque você se desprendia de tudo o que significasse um peso extra. O relógio, por exemplo.

— Fui à reunião do Conselho de Moradores — disse eu.
— E te elegeram presidente? — perguntou Ramón.
— Falaram sobre você e os Sem-Casa.
— (...)
— Quer saber o que eles disseram?
— Lá estão elas, de novo.
— Quem?
— Aquelas duas estrelas.

Ramón me explicou que elas apareciam dia sim, dia não, então ele interpretava que havia um tempo intermediário em que os corpos celestes decidiam entre ser sedentários ou fugazes. "Um tempo de teste", acrescentou.

— Fugazes? Não serão nômades? — perguntei.
— Isso — disse Ramón.

"Isso", ele repetiu, e nos sentamos para olhar o fio que unia o céu às colinas. Povos nômades como estrelas fugazes. Um céu sedentário. Brasil: Brasília; El Salvador: San Salvador; Guatemala: Cidade da Guatemala; Panamá: Cidade do Panamá; México: Cidade do México, lembrei-me. "Está faltando uma porta. Estão sobrando duas janelas", dizia ao longe uma das crianças, imitando a menina.

Haviam se passado vários séculos. E eu soube que era hora de descer quando ouvi minha barriga roncar.

Antes de ir para casa, passei na mercearia com vontade de comer uns biscoitos. Minha mãe me cumprimentou sem tirar os olhos da "lista da vergonha", uma plaquinha que na segunda semana de cada mês ela colava com cuidado na porta do estabelecimento. Sabonetes, lâmpadas, sal, açúcar, molho de tomate (cigarros não) e tudo o que saía da loja sob o conceito de "fiado" e não tinha sido pago na data combinada — primeira semana do mês — aparecia resumido ao lado do nome do devedor. O método de denúncia, inventado pela minha mãe, buscava combater a sem-vergonhice. "Deixem que todos saibam. E paguem", dizia ela, enquanto fazia contas com a calculadora.

José Álvarez: $ 28.235.
Sonia Aguilar: $ 14.720.
Andrea Bravo: $ 3.160.

Quando chegou a Beatriz Castillo ($ 12.300), ela disse: "Venha cá, Miguel", e começou a cheirar meu agasalho. "Você está cheirando a fumaça", disse, e caiu numa espécie de transe que me deu tempo de acrescentar alguns Doritos aos biscoitos que eu tinha pegado.

— Estou indo — eu disse.
— Assim que você entrar, ponha o agasalho na máquina de lavar.
— É o da escola.
— Assim que você entrar, Miguel.

Minha mãe tinha aversão a muitas coisas: ao pó que, não importava quantas vezes por dia ela limpava, se acumulava na prateleira das conservas; aos vira-latas que, podendo escolher entre tantas ruas, iam dormir bem na porta da mercearia; e a uma série de outros males que agrupava sob a palavra "delinquência". Mas havia uma última coisa, o cheiro de fumaça, que se enquadrava numa categoria mais refinada e mais sublime: o ódio. Assim, enquanto o agasalho dava voltas imaginárias na máquina de lavar da sua cabeça, ela também, que se reduzira ao tamanho de um botão, entrava em corredores que levavam a cenas que, embora ela tivesse tentado esquecer, ainda estavam incrustadas na sua memória.

É que houve um tempo em que os Sem-Casa éramos nós. Uma época em que eu ainda não tinha nascido, mas minha mãe sim. Então ela sabe exatamente do que está falando, pois era ela (e Paulina, que não conta porque não sabia de nada naquele tempo) que vinha lá, cansada, suja e com os pés cheios de bolhas, caminhando ao lado dos outros.

Aconteceu que, "naquele povoado" onde moravam, não havia trabalho, nem comida, nem nada, então tiveram de sair dali. Ir embora, o mais longe possível, para não acabar secando até desaparecer no meio do descampado. Caminharam pela longa estrada que levava à cidade. Caminharam até que seus sapatos ficaram destruídos. Dava no mesmo porque, desde que conseguiam se lembrar, aqueles sapatos já estavam acabados. Caminharam, caminharam, caminharam até chegar. Demoraram dez dias. Dez dias de cansaço, tristeza e sede.

Sempre que alguém contava a história, havia um daqueles com fé na humanidade que perguntava:

— Deram água pra eles?
— O quê?
— Deram água pra eles quando os viram chegar?

Não, não tinham lhes dado água. Então eles próprios, cansados como estavam, tiveram de procurar a água, o pão, o papelão e os gravetos para a fogueira que acenderam ali, no mesmo lugar que os novos Sem-Casa agora ocupavam. A voz da vizinha do 4-A tirou minha mãe dos seus pensamentos:

— Ainda estão lá? — perguntou, como se fosse óbvio que desde o aparecimento do primeiro barraco ninguém pensava em mais nada.

— Sim — respondeu o vizinho do 3-B, que passava por ali todos os dias no mesmo horário para comprar cigarros.

— E o outro? — disse, referindo-se a Ramón.
— O outro também.
— Mas é tonto, hein?
— Ou inteligente — disse o vizinho, e foi embora com seus cigarros.

Naquela mesma noite, ou talvez na seguinte, ouvi minha mãe falando com alguém ao telefone.

— Um menino? No outdoor?
— (...)
— Com certeza era um daqueles imundos.
— (...)
— Um menino da vila?

Lembro-me de apagar a luz mais cedo e aplicar uma técnica de relaxamento que aprendemos na aula de ginástica. Você fecha os olhos. Você inspira. As grades que protegem a escola desaparecem. Você expira. Substitui as grades e janelas por árvores. Você inspira. O brasão da escola que está pintado numa das paredes — uma tocha que ilumina um livro — se apaga. Você expira. Onde o escudo estava, aparece um veado. Você inspira. O barulho dos ônibus que passam pela rua naquela hora se transforma no vento que balança os galhos. Você expira. Você se torna um animal que vem do futuro. Você inspira. Um gato azul que conhece o resultado de todas as coisas e, portanto, tem o dom da quietude.

Lavanda, Jasmim, Flores do Campo, Manga. Quando fui procurar Paulina no Supermercado Superior, encontrei-a fazendo uma das suas composições, dessa vez com sabonetes líquidos.

— Você vai ter que esperar um pouco, porque a reposição acabou de chegar — disse ela.

— Nós vamos no Ramón? — perguntei.
— Não sei.
— Você não quer ir?

Paulina olhou para mim e parecia que ia me explicar alguma coisa, mas depois passou a mão na testa e continuou a arrumar os sabonetes na gôndola. Eu a conhecia bem, então o gesto de cansaço não me enganava. Paulina continuava calada e concentrada nos sabonetes porque desconfiava das palavras, ou melhor, havia percebido que cada uma — a palavra "amor", por exemplo — tinha sua própria estante. Não era possível atualizar o inventário a cada frase. Em vez de se explicar, você se confundia.

— Vamos ou não vamos? — insisti.
— Pode ser, mas me deixe terminar, Miguel.

Paulina conhecia a natureza das palavras, sabia combinar cores e não se deixava pressionar. Eu estava em desvantagem, é verdade, mas também não implorava a ninguém, então fui dar uma volta pelos outros corredores, enquanto ela terminava e decidia se passaríamos ou não pela casa de Ramón. Dava na mesma. Eu também não precisava da sua permissão. E agora, pensando bem, me arrependia um pouco por ter ido procurá-la. Irritado, andava pelo corredor de Bebidas e Laticínios quando o vigia apareceu.

— Garoto, você conhece o ditado que diz: "Você não deve morder a mão que te alimenta"?
— Não — disse a ele.
— Então repita: não devo morder a mão que me alimenta.

— Não devo morder a mão que me alimenta — repeti, sem entender.

— Muito bem, garoto, e agora acrescente: devo morder diretamente o pescoço do dono dessa mão e não soltar até ter certeza de cortar sua jugular — disse ele, e enfiou um Sahne-Nuss no meu bolso.

— Obrigado — eu disse ao vigia. Fiz uma reverência ao estilo oriental da qual me arrependi no mesmo instante, porque uma coisa era agradecê-lo por compartilhar sua sabedoria comigo e outra, muito diferente, dar-lhe sinais equívocos de cumplicidade.

Quando voltei para o corredor de Paulina, o reabastecedor de detergentes estava olhando para o desenho que ela havia feito.

— Você é uma artista, Pauli — disse a ela.

— E isso é um elogio ou um insulto? — Paulina respondeu.

— Você terminou? — interrompi.

— Como esse filho me saiu chato — ela disse, e arrumou o último frasco, verde-limão, imitando o efeito de uma câmera lenta.

Quándo finalmente chegamos ao outdoor, encontramos Ramón concentrado dando migalhas de pão a um passarinho que caminhava sobre a mesa. Não sei se fiquei mais impressionado com a naturalidade com que o pássaro se aproximava dele ou com a velocidade com que crescera o monte de latas de cerveja, que começava a se assemelhar à cordilheira dos Andes.

— Ele está vindo aqui há três dias — disse Ramón em voz baixa, referindo-se ao passarinho, como se estivesse apresentando um amigo tímido de infância. E eu estava pensando se deveria responder a ele ou imitar o homem que se comunica telepaticamente com os animais, quando Paulina disse:

— Só viemos pra dar um oi. Estou muito cansada.
— Tem uma asa torta — Ramón respondeu.
— Paulina? — eu disse, tentando ser engraçado, mas nenhum dos dois entrou na brincadeira.

No silêncio que se seguiu, depreendi uma pergunta e uma conclusão. A pergunta: a comunicação entre as espécies era realmente possível? A conclusão: Paulina estava cansada, mas não só do trabalho no Supermercado Superior.

Assim como havia anunciado, ela quis descer rapidamente. E embora eu soubesse que não era conveniente pôr mais tensão no elástico que começava a se esticar entre Paulina e ela mesma — Ramón e seu novo amigo pareciam não se dar conta de nada —, disse que queria ficar mais um pouco. Em vez de me mandar descer, ela falou: "Como você quiser". E foi embora.

Sentei-me ao lado de Ramón para olhar as estrelas.

— Você acha que alguém mora lá em cima? — perguntei.
— A noite é um lugar bem grande — respondeu ele.
— E então? — insisti.
— Então pode ser que sim.
— E como será que eles vivem?
— Num outdoor da Coca-Cola?
— Será que chega tão longe? — eu disse, já brincando.
— O ser humano?
— Não, a Coca-Cola.

Depois de um tempo, me despedi e caminhei ao longo da margem do canal imaginando o que aconteceria se, em vez de voltar para a vila, eu continuasse avançando direto por horas, dias e anos. A simples possibilidade de que a estrada, em vez de ser uma linha, fosse um círculo que me trouxesse de volta ao ponto de partida me encheu de pânico.

Antes de entrar, passei para ver Paulina, que continuava esquisita.

— Não se preocupe, o Ramón já vai descer — lembro-me de ter dito.
— Ele não vai descer.
— Nunca mais?
— Acho que não.

Fui para casa em silêncio, comi em silêncio e continuei assim até a hora de ir para a cama.

Adormeci e sonhei que Ramón chegava falando numa língua que ninguém entendia. Um dos vizinhos saía do seu apartamento vestido de vermelho, dizendo que tinha certeza de que a língua era "alemão do Norte". "Você está enganado: é um dialeto de Montevidéu", respondia o vizinho dos cigarros, que assistia à cena do alto de uma árvore. Ramón apontava para o céu e os pássaros começavam a voar em círculos, como se estivessem com o pedaço que faltava na conversa.

Não sei se foi no dia seguinte ou no subsequente, pois quando me lembro tenho tendência a comprimir ou prolongar o tempo do outdoor. Cortar, combinar e cerzir — é o que minha memória faz — onde restaram buracos pelos quais alguém poderia cair. Paulina. Ramón. Eu mesmo.

A comemoração do Dia das Crianças estava se aproximando, então passei a tarde carregando sacos de batatas fritas e salgadinhos. Minha mãe sabia onde comprar com desconto, então, sempre que havia alguma comemoração, ela ficava responsável por aquilo. E sempre acontecia a mesma coisa: comprava os balões, os bolos, a roupa de Papai Noel e então, quem acabava perseguindo os vizinhos para que pagassem era ela. Quem acabava fazendo subtrações, somas e carregando as sacolas era ela. Ela, ela, ela. Eu só atuava como a orelha que recebia as reclamações e o braço que carregava parte das sacolas.

Quando fiquei livre, exausto como estava, disse que precisava procurar um caderno que tinha emprestado a um colega.

— Que colega? — ela perguntou.
— O Donoso — menti descaradamente e, antes que ela me dissesse qualquer coisa, saí na direção do outdoor.

Encontrei Ramón sentado, olhando para a estrada. Para não incomodá-lo, eu mesmo me servi do chá quente.

— Você gosta do meu pomar, Miguel? — ele perguntou depois de um tempo.
— Que pomar?
— Esse aqui — disse Ramón, e apontou para o horizonte que se via acima das colinas.
— Não é um pomar.
— Como que não? Eu plantei lâmpadas e veja como elas brotaram rápido.

Estava escuro e Ramón não se enganava: as luzes que brotavam das janelas, dos postes e dos carros que cruzavam a estrada àquela hora pareciam limões e laranjas brilhantes que um jardineiro distraído havia deixado cair no jardim da noite.

— Vou levar meio quilo — eu disse depois de um tempo.
— Meio quilo de quê?
— De luzes.

Eu queria lhe perguntar quando ele iria descer. Contar a ele sobre a conversa que tivera a esse respeito com Paulina, mas as palavras não saíram porque o silêncio, que a essa hora só era interrompido pelo barulho de algum carro, era uma coisa boa que, como Ramón, eu tinha ido procurar daquela vez. Deixei que meu cansaço se dissolvesse na paisagem e desci sem incomodá-lo.

No caminho de volta para a vila, encontrei a garota dos Sem-Casa, que dessa vez estava brincando sozinha com uma bola.

— Sua mãe não veio? — ela perguntou.
— Não — respondi, embora entendesse que ela se referia a Paulina. — E seus irmãos? — acrescentei, na tentativa de continuar construindo famílias imaginárias.

75 O homem do outdoor

— Não sei — disse a garota. — Por que seu pai mora lá? — ela continuou, esclarecendo que era ela quem fazia as perguntas.

— Porque cuida das luzes — disse eu, sem me preocupar com o novo mal-entendido.

— De todas?

— De todas — respondi, e expliquei a história do pomar.

Foi enquanto caminhava em direção à vila que me lembrei de onde eu vira a garota. Paulina tinha uma foto de um passeio até a praia. Haviam percorrido todo o percurso de ônibus para conhecer o mar. Sessenta ou setenta crianças que gritaram o caminho inteiro. A professora, assim que desceram, disse-lhes que corressem e eles obedeceram: correram até que, de repente, esbarraram num enorme pedaço de água que os deixou sem fala e paralisados. Ficaram assim por alguns segundos. E então continuaram gritando, se banharam — por baixo das roupas todos usavam um maiô azul que a própria escola comprara para eles —, fizeram castelos com a areia úmida e comeram sanduíches de frango com ovos cozidos.

A mesma professora, antes do fim do passeio, falou a todos que se reunissem e olhassem para a câmera. Como recordação, ela disse, quando uma semana depois passou pelas carteiras distribuindo uma cópia para cada aluno. Paulina ainda guardava a dela.

Na foto, ela tinha nove ou dez anos. Uma idade semelhante à da menina da cidade de barro, com quem também compartilhava os olhos puxados e as pernas finas. Elas eram tão parecidas que na verdade eram a mesma garota.

Não tive uma professora como a de Paulina, mas tinha vizinhos.

O dia da comemoração do Dia das Crianças amanheceu claro. Então, conforme ficara combinado na reunião, puseram a grande mesa na quadra de futebol e depositaram nela o conteúdo dos sacos: batata frita, biscoito e bolo. Quando tudo ficou pronto, finalmente ouvimos a chamada que aguardávamos. Não sei se soou mais alto do que nos anos anteriores ou se éramos nós que gritávamos muito enquanto corríamos em direção à quadra. A questão é que o convite cruzou as ruas da vila, a estrada, e chegou à margem do canal.

Lembro-me de que alguns dos menores brincavam debaixo da mesa, que um grupo tinha se levantado para ir brincar e que eu estava pensando se devia juntar-me a eles ou continuar a comer quando a menina e seus irmãos apareceram.

— Eles podem participar? — ela perguntou, apontando para os dois meninos, séria, como se em vez de menina fosse uma velha que, cansada da vida, não está mais para brincadeiras.

Houve um silêncio. Os gêmeos do 2-C e eu nos mexemos para dar espaço a eles, mas se ouviu uma voz que se dirigiu a nós e disse: "Vocês fiquem aí". Outro silêncio e uma nova voz, da minha mãe ou de uma vizinha, que acrescentou: "Isto é só para as crianças da vila".

— Vocês não perderam nada aqui. Então: fora.

— Mas... — disse a vizinha do 3-B, e não conseguiu terminar porque alguém, não sei quem, disse para ela ficar quieta.

A menina olhou primeiro para os adultos e depois para nós. Pegou os irmãos pela mão, cuspiu no chão e disse: "Vamos". As crianças dos Sem-Casa se afastaram lentamente e, quando chegaram à calçada, um deles atirou uma pedra junto com algo semelhante a uma gargalhada. A pedra caiu perto da mesa, mas não conseguiu nos atingir. Nem quebrou o silêncio pesado que se instalou entre os copos e os pratos.

Tentamos continuar com a festa, mas a comida estava nos sufocando, então, depois de um tempo, a maioria de nós inventou desculpas para voltar aos nossos apartamentos: "Quero ir ao banheiro", "vou buscar um agasalho e já volto", "minha barriga está doendo, mãe".

Escureceu.
Amanheceu.

E a mesa, que no dia seguinte ainda estava abandonada na quadra, ficou com a aparência de um animal moribundo que deveria estar na selva mas, por erro de cálculo, acabou agonizando naquele retângulo de concreto.

Fui ver se conseguia encontrar a garota e seus irmãos. Dei algumas voltas, mas não me atrevi a ir mais longe porque, como meus vizinhos os expulsaram, o lógico era que eles me expulsariam. Para algumas coisas, a vida adotava sequências perfeitas.

Como a busca me aproximara do outdoor, aproveitei para subir e contar a Ramón o que havia acontecido, mas o pássaro estava de volta e ele parecia mais interessado em observá-lo do que na minha história. Depois de um tempo, ele disse:

— Às vezes, uma família de gatos passa por aqui. Um grande e três pequenos. Acho que estão procurando restos de comida. Há poucos dias um magricela e malhado apareceu e tentou se juntar ao grupo. Você sabe o que eles fizeram?
— Não.
— Miaram e o arranharam.
— Por quê?
— Não sei. Os ratos que andam pela beira do canal bastam pra todos.
— E então?
— No começo achei que ele pudesse estar doente e o que o grupo fez foi se proteger.
— Era isso?
— Não, porque o gato continua andando sozinho por aí.
— E o que era?

Ramón não respondeu. Sentado, olhando para lugar nenhum, senti um cansaço semelhante ao de um velho de cem anos que, exausto de tentar mexer os ossos e a pele, acaba desaparecendo na solidão do seu quarto. Quando, algum tempo depois, alguém se lembra da sua existência e vai vê-lo, tudo o que encontra é um montículo de pó. Então esse alguém traz uma vassoura e varre, tentando deixar o lugar o mais limpo possível. Em seguida, escreve uma placa que pendura na janela com os dizeres "aluga-se".

Do alto, a vida mostrava seus fios transparentes. Às vezes, você queria abrir os olhos e seguir sua trajetória, mas outras, preferia fechá-los e impedir a entrada de qualquer tipo de luz.

— Você não fica triste de estar aqui sozinho? — perguntei, movido por uma espécie de tristeza que não ia embora.

— Não.

Os monossílabos e silêncios de Ramón me forçavam a procurar eu mesmo a resposta às minhas perguntas. Dessa vez, a resposta era mais ou menos assim: não importava se você fosse criança ou um velho decrépito, lá embaixo você não estava mais acompanhado do que aqui em cima.

Atrás das janelas dos prédios, vários assistiam e imaginavam nossa conversa. A maioria murmurava em coro: "Loucos". Mas havia outros — cada vez mais — que pensavam que a ideia de Ramón também não tinha sido tão ruim. Esses eram os perigosos. E discutiriam isso na próxima reunião do Conselho de Moradores, ao lado do item Lançamento da Pedra, incluído em Segurança das Crianças.

Quando chegamos à reunião, a ordem do dia, que já estava anotada no quadro-branco pelo secretário da vez — um daqueles que escrevem com uma letra caprichada enquanto sonha que o planeta finalmente explode em pedaços —, era a seguinte:

1. Os Sem-Casa.
2. Segurança das crianças.
3. Iluminação pública.
4. Ramón.

1. Os Sem-Casa tinham de ir embora. Eles não podiam esperar que a prefeitura lhes desse uma solução, pois quanto tempo isso levaria? Cinco anos? Dez? Quanto tempo eles haviam levado para sair daquele mesmo descampado? Eles tinham tolerado vê-los das suas janelas porque, afinal de contas, não eram culpados pela "sua situação". E também a cortina sempre podia ser fechada quando as fogueiras eram acesas. Mas eles não iriam aguentar a violência. Porque naquele dia tinham sido as crianças, mas e se da próxima vez quem viesse com as pedras fossem os adultos? Não, eles não tinham culpa, mas quem tinha? Deus? O prefeito?

2. Eles não estavam fazendo isso por causa de si mesmos, mas pelas crianças. É que os maus costumes eram contagiosos, como o sarampo ou os piolhos. Eles não podiam permitir que o que eles mais amavam e com quem mais se importavam fosse contaminado. Não tinham ouvido falar que a maçã podre acaba estragando todo o

saco? As crianças eram as maçãs da vila e a esperança do mundo. Além disso, havia o problema do canal. O que aconteceria se, ingênuos como eram, por acaso fossem brincar com aqueles pirralhos e acabassem enredados para sempre no fundo da água? Que não tivesse acontecido ultimamente não significava que não voltaria a acontecer. Por acaso não se lembravam do Eduardito, o afogado? Havia outro tópico relacionado às crianças que eles abordariam quando chegassem ao ponto quatro.

3. Precisavam das luzes com urgência. Já haviam feito o pedido à prefeitura há mais de um mês e lhes disseram que viriam fazer uma inspeção. Quando? Naquela mesma semana. Não, eles não vieram. O número que receberam foi B 345. Alguém poderia se encarregar de fazer o acompanhamento? E então nós, crianças, empenhadas em aperfeiçoar nossa capacidade de pensamento coletivo, imaginamos o vizinho do 1-A tentando prender com uma corda um grupo de letras e números que subiam as escadas.

"Eles não vão escapar do acompanhamento", gritava o vizinho.

4. Ramón. Quando Ramón pensava em descer de lá? A questão era simples: se alguém queria morar na vila ou nos seus arredores, que o fizesse como pessoa, não como animal. Já tinham visto sua barba? Alguém realmente achava que estava sendo pago para ficar lá, sentado, sem fazer nada? Havia mais duas coisas. A primeira: um repórter estivera na mercearia perguntando se alguém conhecia o homem do outdoor. Disseram que não o conheciam, mas e se ele continuasse investigando e descobrisse que era um deles? Eles sairiam no noticiário? Era só o que

nos faltava aquele cortiço se transformar em atração turística. Também não era uma má ideia, disse o vizinho dos copinhos de vinho. Eles responderam em coro com uma pergunta: as pessoas honradas dormiam em casas ou penduradas em árvores? E, sem esperar resposta, passaram ao último tópico: tinham visto uma criança lá em cima no outdoor. "Uma criança?", perguntou a vizinha do 2-B. "Sim, uma criança", respondeu o vizinho que, apesar do ambiente adverso, insistia em participar.

Quando chegamos de volta ao apartamento, eu me tranquei no meu quarto para planejar uma estratégia de desaparecimento. Ainda havia tempo de frear meu crescimento, fazer-me passar por um gnomo e me perder para sempre entre os arbustos. Estava pensando nisso quando minha mãe abriu a porta e olhou para mim com uma cara de "Eu sei que essa criança é você, pois não importa o que você faça para disfarçar, mesmo de olhos fechados eu posso saber o que você fez, o que você faz e o que fará. Não se esqueça, Miguel, que fui eu, e só eu, que te dei à luz. Eu, e não seu pai. Eu, e não Paulina. Eu".

Baixei os olhos rapidamente, pois minha mãe era capaz de ver o passado graças a esse costume que tinha de morar nele. Mas ela podia fazer o mesmo com o futuro? Nesse caso, sempre soube o que aconteceria? E "sempre" queria dizer desde o dia do seu nascimento? "Eu sei que essa criança é você", ouvi pela segunda vez na minha cabeça, graças àquela viagem desagradável que os pensamentos sabiam fazer do cérebro dela ao meu.

Pensei que ela iria puxar meu cabelo ou me deixar trancado no quarto sem comer, mas apenas me disse que no dia seguinte, depois da escola, eu fosse ajudar na mercearia.

— E meu dever de casa? — perguntei.

— Você faz lá — disse ela. E acrescentou: "Onde meus olhos possam te ver".

Proibi a mim mesmo de ir visitar Ramón. Eu tinha entendido que qualquer um podia se tornar, dependendo do humor do grupo, o gato rejeitado. E embora eu tivesse quase certeza de que isso, no fundo, não havia aumentado ou diminuído a solidão que o gato carregava nas costas, algo me dizia que era melhor ser cauteloso.

Tentei concentrar minha atenção na escola: tínhamos dado um novo salto no livro até chegar à Revolução Industrial. "Viva!", o professor dissera; "Viva!", gritamos nós, crianças, de pé na carteira, numa espécie de homenagem espontânea ao entusiasmo do professor e também àquelas lutas que, acostumados como estávamos a ver que os adultos eram seres que não reagiam, incendiavam e embelezavam nossa imaginação. Era uma pena, sim, que o livro só falasse sobre coisas que haviam acontecido há muito tempo e em outros lugares. Seja como for, nos solidarizávamos.

Voltei a me concentrar em desviar dos pratos, reais e imaginários, que minha mãe jogava contra as paredes. Também na tristeza de Paulina.

— O que você tem, Pauli?
— O que poderia ser? — ela respondeu, enquanto estávamos levando algumas colônias do supermercado para a mercearia. A transação não lhe convinha nada, porque minha mãe nunca lhe pagava de volta. Isso não importava. Paulina preferia sacrificar sua parte para não escutar as reclamações que minha mãe fazia contra os clientes, os

fabricantes dessas mesmas colônias e um longo etcétera que acabava abrangendo toda a humanidade.

— Você está triste?
— Um pouco.

Compreendi, sem que Paulina dissesse, que se tratava de Ramón.

Eles haviam sido vizinhos desde sempre, mas nunca tinham reparado um no outro até o dia em que ele entrou na sala de aula, sem cadernos e despenteado, como se fosse o último exemplar de uma espécie não identificada que acabara de aterrissar, confuso e vestido de uniforme, sem entender o que estava fazendo ali ou o que os outros esperavam da sua presença. A partir daí, eles não se separaram mais.

Os apaixonados sabiam disto: todo relacionamento implicava um esforço. Quem havia se esforçado mais? Ramón, que nunca dizia nada, diante dessa pergunta tomava a palavra para responder e dizia: Paulina. Ela, que era quem sempre falava, calava-se. Tinha sujeitado Ramón à terra, desde aquele primeiro dia, e ele, que também a amava, se permitira ser sujeitado.

— Estou cansada.

Sim, eu a conhecia desde que me entendia por gente e era verdade que ela estava cansada: de carregar perfumes, de arrumar prateleiras e de segurar aquele fio que prendia Ramón à terra. Havia outra coisa: há algum tempo ela vinha falando sobre a história dos dois — para os outros, mas especialmente para si mesma — no passado. E o passado, ela aprendera com a mesma professora que a levou para ver o mar, na maioria das vezes era um tempo verbal complicado.

Pássaro: Ave, principalmente se for pequena.
Homem: Ser animal racional, masculino ou feminino. O homem pré-histórico.

Não eram a mesma coisa. Um homem e um pássaro não eram a mesma coisa. Eu tinha descoberto isso olhando no dicionário, mas o que Paulina menos precisava nesses momentos era um daqueles sempre mal-intencionados "Eu avisei". Porque todos a avisaram, mas ela, teimosa como era, os ignorara. Eles tinham razão? Isso não importava. Que fossem todos, cantando e enfileirados, até o topo daquela mesma colina para a qual Ramón tanto gostava de olhar.

Esse desinteresse pela opinião dos outros era o que Ramón mais gostava nela. Isso, e sua capacidade de encontrar todos os dias uma nova combinação para os produtos do corredor de Higiene e Beleza. Ele estava convencido de que era aquela ordem nas cores dos frascos manipulados por ela — e não a rotação e translação dos planetas — que permitia que o mundo, por mais estranho e absurdo que fosse, continuasse girando. Ali, de cima do outdoor — da altura de dez metros —, tudo se tornava simples e claro. Portanto, ele não desceria.

Paulina o entendia. Talvez o dicionário estivesse errado ao não incluir as espécies intermediárias. Porque havia homens-pássaros, mulheres-peixes e crianças-lobos, que passavam a vida procurando buracos dentro dos quais pudessem lamber o pelo, nadar, estirar as penas.

Mas ela não fazia os dicionários. Nem ele nem ninguém que eles conhecessem.

Não houve recriminações. Apenas um pranto acumulado que, para doer menos, eles choraram de mãos dadas. Doeu assim mesmo. "Cuide-se, por favor", disse Paulina, enxugando a última lágrima com a manga do casaco. E Ramón olhou para ela sem dizer nada. Isso, num idioma que precisava cada vez menos das palavras, significava: você também.

Quando finalmente chegamos à mercearia da minha mãe, pedimos a chave do armário em que ela guardava as colônias. Brut, Natalie, Gelatti. Eu me encarregava de tirá-las da sacola e Paulina as arrumava. Coral, 351, Magic. Quando chegamos a Jean les Pins, não garanto que tenha ajudado a sustentar a vida no planeta, mas posso dizer que foi a tarde mais triste do mundo.

— Eu te pago no fim do mês? — disse minha mãe.
— Tudo bem — respondeu Paulina.

As teorias de Ramón sempre eram um tanto confusas, talvez porque nem mesmo ele se interessasse por elas. Mas também houve aulas práticas que se destacaram por sua precisão e clareza. Uma delas: às vezes, a única coisa que alivia a tristeza profunda é uma boa bebedeira. Assim, por três dias e três noites ele bebeu toda a cerveja de que era capaz e se despediu de Paulina.

A conversa que Ramón sustentou consigo mesmo, na falta de companhia, passou por etapas de fluidez, até de alegria, impossíveis de ser alcançadas sem a generosa companhia do álcool. Também por zonas escuras — gagueira, lágrimas, soluços — que funcionaram à sua maneira. Para quê? Isso só ele sabe. Afinal, foi ele quem atravessou, solitário, o caminho da sua embriaguez. Uma estrada pedregosa — os bebedores do mundo sabem disso —, mas tão iluminadora quanto qualquer outra percorrida pelos grandes sábios do tipo Jesus Cristo ou André, o Gigante.

O tempo lá em cima começou a ficar confuso, especialmente para Ramón, e o tempo de baixo, opressivo como era, não parou. Não sei se as coisas que aconteceram durante aqueles dias seguiram a ordem em que as recordo, nem sei se sou a testemunha adequada para relatá-las. Mas suponhamos que foi mais ou menos assim:

No primeiro dia — seguindo o calendário da bebedeira de Ramón —, os filhos dos Sem-Casa chegaram à vila, dessa vez escoltados por um homem mais velho, talvez seu avô, que, usando um pau como bengala, os acompanhou até a quadra.

O homem sentou-se num banco de madeira com a majestade dos reis que nunca tínhamos visto, mas imaginávamos. Assim que se acomodou, disse em voz alta e rouca: "Vocês podem brincar aqui". As crianças que trouxeram a bola ouviram-no e passaram muito tempo no que parecia ser uma partida de futebol contra uma equipe adversária que só elas podiam ver. Os vizinhos, das suas janelas, assistiram ao encontro, não ousando repetir as palavras que disseram no dia da celebração do Dia das Crianças. Isso — engolir suas palavras — acho que os incomodou ainda mais do que a visita inesperada. A verdade é que o velho inspirava neles um sentimento que, de tão esquecido, era irreconhecível, e por isso mesmo os incomodava: respeito. O velho barbudo e esfarrapado lhes inspirava respeito. Eles não o entendiam e, na verdade, tampouco estavam muito interessados em fazê-lo.

— É o Papai Noel? — perguntou o menino do 4-D olhando pela janela.
— Idiota — respondeu o vizinho do 2-A.
— Meu filho não é idiota — disse a mãe do menino, ao mesmo tempo em que dava um empurrão no menino para ver melhor o que estava acontecendo na quadra.
— Mas é ou não é? — o menino voltou à carga, já embaixo da mesa, mais interessado na possibilidade de conseguir um presente de Natal do que na opinião dos outros.
— Não é o Papai Noel, é o homem do saco — corrigiu a menina do 4-A.

Ao ouvirem aquele nome, "homem do saco", os que olhavam pela janela despencaram por um buraco da própria memória. O velho, de quem falavam tão mal para as crianças, era um dos seus. Quando finalmente todos receberam os apartamentos esperados, o velho decidiu que não queria o dele e que ficaria morando ali, ao ar livre.

A história havia sido transmitida de geração em geração: o velho fora "pego pelo canal". Assim como outras pessoas eram "pegas pela rua" ou "pelo morro". Portanto, "muito cuidado". Os filhos de então e os de agora ouviam aquilo arregalando os olhos e engolindo em seco: cada coisa tinha um espírito que, em vez de nos proteger, estava ali para nos "pegar". Quanto mais cedo aprendêssemos, melhor: os deuses da comunidade seguiam a lógica da polícia.

Havia também uma segunda explicação que era, antes, uma continuação da primeira. O velho era o guardião dos Sem-Casa, uma divindade de barro que carregava nos ombros toda a sujeira do mundo. Chamavam-no de "avô" e ele gostava que, embora os séculos passassem e os Sem-Casa se sucedessem uns aos outros, conservassem seu nome. No saco, ele carregava a aguardente que dava aos adultos nas noites frias. Também os cobertores com que abrigava as crianças, feitos com os restos que ele encontrava nas latas de lixo que, na distribuição de territórios, também tinham ficado sob seu domínio. O avô os chamava de "meus pequenos órfãos".

O problema eram as noites frias, quando nem a aguardente nem os cobertores bastavam. Nessas noites, o velho tinha acessos de loucura e rugia, batendo com o pau em si mesmo — e a quem cruzasse seu caminho —, como um animal enfermo. Ele gostaria de ter um dono que tivesse pena dele e lhe desse um tiro para acabar com tudo. Mas ele era um deus, e os deuses, além de imortais, não têm dono.

— É o homem do saco — repetiu a menina do 4-A, e nós espectadores voltamos a prestar atenção no jogo imaginário. Todos nós entendemos quem tinha ganhado.

— Vamos — disse o velho, e se levantou, com a ajuda do pau. E com aquele "vamos", ele quis dizer: se não falaram nada agora, espero que não falem de novo quando as crianças vierem sozinhas.

Os quatro foram embora — o deus, a princesa, os dois príncipes — caminhando de volta para a margem do canal. Naquele mesmo dia, os vizinhos começaram a procurar seus próprios paus. Não sei se em homenagem ao velho ou para se defender dele, caso voltasse.

A ação no colégio ficou a cargo do Donoso, o mesmo colega e vizinho que eu usava para minhas mentiras. Meu inconsciente o chamara e lá estava ele, no segundo intervalo, me interrogando.

Foi enquanto eu estava estendendo a mão para comprar batatas fritas do carrinho do outro lado da cerca que ele me agarrou pelo pescoço e me levou até o canto escuro do pátio — também conhecido como a delegacia de polícia — que usávamos para os interrogatórios e espancamentos que, como se não nos cansássemos dos que recebíamos em casa, também dávamos uns nos outros.

— É você que sobe no outdoor?
— Vá cuidar da sua vida, idiota.

Era o que eu deveria ter dito, mas, em vez disso, para me fazer de importante, contei a ele sobre os holofotes e a permissão para subir, que eu não pedia nem à minha mãe nem a qualquer outra pessoa porque, já fazia algum tempo, ia até lá sozinho. Fui eu o idiota? Acho que fui uma pessoa normal, com poucas oportunidades de parecer interessante.

— Eu também vou subir — disse Donoso. E quando acabou de dizer isso, apareceram os três mini-Donosos que o seguem por toda parte.

— Eu também.
— Eu também.
— Eu também — repetiram.

— E vão subir pra quê? — perguntei.
— Pra mijar — respondeu Donoso, e deu-me um empurrão no ombro, seguido de três gargalhadas e três miniempurrões.

Fui procurar Paulina no Supermercado Superior e a encontrei no corredor de Cereais e Conservas, conversando com o vigia.

— Oi, garoto — ele me disse.

— Se você me chamasse de Miguel, ia demorar o mesmo tempo — respondi.

— Não seja chato, garoto — disse Paulina, fazendo-se de engraçada.

Uma parte de mim ficava feliz em ver Paulina um pouco melhor, mas outra, talvez mais comprometida com o papel de "filho", achava que aquele vigia era um perigo. Já o tinha visto acompanhar Paulina à vila com a desculpa de que, como se não lhe bastasse ficar em pé o dia todo, "queria caminhar". Minha reação era a de um juiz raivoso que, não contente em fazer as perguntas, também se encarregava de dar as respostas: alguns dias? Era esse tanto que durava a tristeza? O mundo era uma pipoca, uma penugem.

Não esperei por ela e, embora os tivesse proibido, meus pés foram em direção ao outdoor. Minhas decisões — a intenção de não subir, nesse caso — tinham uma data de vencimento bastante limitada. Nisso eu me parecia com Paulina e com todos os outros.

Quando cheguei lá em cima, Ramón estava com a cabeça apoiada na mesa e me disse "Miguelito". Tentei levá-lo até onde estava a mangueira que se conectava ao galão de água, para molhar seu rosto, mas, quando quis levantá-lo, ele se virou para mim como um urso morto e fedorento. Arrastei-o até o colchão, tirei seus sapatos e o cobri com a manta. Desorientado, liguei as instalações e esquentei água para preparar uma sopa, que nem ele nem eu chegamos a provar.

— Obrigado, Miguelito — disse ele. E adormeceu profundamente.

Lembro-me de que chorei um pouco e que, por causa das lágrimas, as luzes que começavam a se acender me pareceram mais brilhantes. Enquanto assoava o nariz, senti o cheiro do meu pai — o cheiro de jeans —, e tive a impressão de que ele se sentava ao meu lado e punha a mão no meu ombro. Lembrei-me de um par de ocasiões em que ele chegou mais cedo do trabalho e, em vez de ir à mercearia, fomos para a quadra jogar bola.

Eu não queria sua compaixão. Muito menos a do seu fantasma, então esfreguei os olhos e decidi que não tinha mais nada para fazer lá em cima. Desci as escadas e cruzei com a menina dos Sem-Casa que, ao me ver todo sério, pensou que algo estranho tinha acontecido e me perguntou se meu pai estava doente.

— Doente de bêbado — respondi com raiva e continuei meu caminho, pensando que da próxima vez eu esclareceria que não tinha pai e que Ramón era meu tio.

Quando cheguei ao prédio, era Paulina quem me esperava na escada. Sentei-me ao lado dela e juntos terminamos o choro que aos poucos vínhamos derramando.

— Tem certeza de que ele não vai descer?
— Mesmo se quisesse descer, não poderia mais.

— Por causa dos vizinhos?
— Por causa dele mesmo, Miguel.

Havia uma parte do amor, pouco valorizada, que tinha a ver com deixar o outro seguir seu caminho. Paulina tinha entendido isso, Ramón também, e agora era minha vez. Então terminei de enxugar as lágrimas, abracei-a e fui para casa.

— Esse maldito cheiro de fumaça de novo — disse minha mãe.

A mesma pessoa que há alguns dias tinha sido encarregada do discurso pacifista pronunciado na reunião do Conselho de Moradores me sacudiu e me deu um par de tapas que me deixaram caído no chão. Levantei-me e fui para o meu quarto. Havia aprendido com Paulina que minimizar as palavras e ações dos outros às vezes é uma questão de vida ou morte.

No livro da minha família, que agradeço se ninguém se der ao trabalho de escrever, o cheiro de fumaça tem um capítulo especial em que minha avó — de quem mal me lembro — é a protagonista. Pouco depois de chegar à cidade, ela conseguiu um emprego na padaria. Não era qualquer trabalho, mas o primeiro da sua nova vida. Amassar e cortar. Cortar e amassar. Devia estar trabalhando havia uma ou duas semanas quando um dos seus companheiros perguntou, rindo, se ela dormia dentro de uma fogueira. Que seria bom se ela arejasse as roupas. Ou que as lavasse com um pouco mais de frequência. Porque na casa dela tinha água, né? Ou pelo menos janelas. Suas roupas, disseram-lhe, cheiravam a mofo.

Minha avó respondeu que sim, claro que ela tinha água, mas seu rosto ficou tão vermelho que o dono da padaria, que ouvia a conversa, percebeu que sua nova trabalhadora estava mentindo. E ela, minha avó, que mais do que tudo no mundo cuidava das roupas, ela que as esfregava na tina até ficarem brancas como os sacos de farinha (aqueles mesmos sacos que agora ouviam a conversa e zombavam dela), achava que era o suficiente. Mas não. Você não conseguia tirar o cheiro de fumaça das suas roupas porque a maldita fumaça se impregnava e o envolvia numa nuvem da qual você não conseguia se livrar. Aquela nuvem que estava lá para lhe dizer de onde você vinha e, o mais importante, até onde você poderia ir.

— Você tem água, certo? — perguntou seu chefe.

— Sim, claro, não se preocupe — respondeu ela.

Ele, que não acreditava muito na minha avó e sabia que ela morava do lado do canal, ofereceu-lhe o banheiro da padaria para lavar sua roupa e a das meninas. Foi pior.

Naquela noite, minha mãe e Paulina tentaram, como todos os dias, acender o braseiro. Mas em vez de carvão, fósforos e cera, cada uma recebeu um golpe que as deixou chorando e com a cara toda melecada.

Nunca. Nunca mais o fogo seria aceso naquela casa. O fogão a parafina, que minha avó comprou com o primeiro salário, seria suficiente. E, se não fosse, Paulina e minha mãe podiam se embrulhar em cobertores. Ou podiam ir à merda.

OS DIAS FINAIS

Ramón tinha ido morar num outdoor. Paulina logo percebeu que ele não iria descer e, em vez de pedir que o fizesse, deixou que ele ficasse lá. Eu não poderia ficar bravo com eles por isso. Ninguém me dissera para acreditar na piada — "como seu filho está grande", "como está o seu pai?" —, e que a partir dela eu iria construir uma família imaginária que tinha durado ainda menos do que uma família real. Não era tão grave. Qualquer um que, como eu, tivesse conseguido sobreviver além dos dez anos, tinha uma casca tão dura como a de uma barata — "meu adversário é o mundo", dissera o chinês do filme de artes marciais. Então, alguns dias depois, lá estava eu, outra vez, em cima do outdoor.

Uma nova sabedoria interior me alertou que era melhor não comentar sobre as bebedeiras, então cumprimentei Ramón como se nada tivesse acontecido. Percebi que seu cabelo estava crescido e que, aos poucos, ele começava a ficar parecido com um neandertal.

— Bela barba — disse a ele.
— Eu estava pensando em apará-la — respondeu ele.
— Sério?

Eu me ofereci para ser barbeiro e montamos um salão de cabeleireiro improvisado. As mechas começaram a cair como se fossem animais recém-nascidos, prontos para descer à terra e caminhar por ela. Assim que terminamos com a barba, continuamos com um corte de cabelo e então, empolgado como eu estava, até dei uma aparada nos fios que cobriam minha testa.

Ramón calçou os sapatos azuis, ajeitou o casaco e disse: "Pronto".

— Pronto pra quê? — perguntei-lhe.
— Pra ir ao bar do Lolo, comer umas empanadas.
— Você vai descer?
— Acho que eles não trazem aqui em cima pra nós.

Eu podia ter aproveitado a oportunidade para perguntar se havia a possibilidade de que ele ficasse lá embaixo e voltasse a morar com Paulina, mas, olhando para ele, entendi o que ela me explicara dias antes: Ramón, mesmo que descesse, continuaria vivendo num lugar distante. Talvez ele finalmente tivesse visto os fios que mantinham tudo unido. Ou, ao contrário, comprovara que esses fios não existiam: só havia fiapos — quem sabe se restos de um tecido original — que, sem estar sujeitos a nada, giravam à deriva. De qualquer forma, era uma descoberta que pertencia apenas a ele.

Quando chegamos ao bar do Lolo, os que estavam sentados às mesas ficaram felizes em nos ver. Parecia que havíamos feito uma longa viagem e agora todos queriam saber como era o país que tínhamos conhecido e se por acaso havíamos trazido alguma lembrancinha.

— Meia dúzia de empanadas de queijo, uma cerveja e... — Ramón disse e olhou para mim.
— Uma Bilz — acrescentei.
— Como você está, Ramón? — Lolo perguntou.
— Bem, bem.
— Você parece bem, mesmo.

Lolo havia decidido que naquela tarde tudo giraria em torno dos recém-chegados. Era impossível não participar da conversa, pois as perguntas eram gritadas por ele e pelo garçom do outro lado do balcão.

Como era a vida no outdoor?
Fazia frio lá em cima?
Ele precisava de luz ou os holofotes eram suficientes?
Ele os acendia?
O que ele fazia durante o dia?

Como eu sabia que Ramón havia decidido entrar num novo período silencioso da sua vida, resolvi me encarregar de completar suas respostas. Lembro-me de fazer descrições da hora em que as luzes começavam a se acender — havia um pomar luminoso acima de nós. O frio era suportável, com a ajuda de uma sopa e um cobertor, em casos extremos. O álcool também ajudava. A luz que os holofotes não forneciam era completada pelas estrelas. Não sabia se tinham notado, mas havia duas, que apareciam no céu, dia sim, dia não, porque as estrelas, assim como alguns seres humanos (e aqui fiz uma pausa, para que percebessem que quando eu disse "alguns" estava me referindo a nós dois), decidiam o tipo de vida que levavam. Os holofotes? Quem os acendia era um tal Eliseo, de algum lugar distante, e em vez de dizer o nome de uma capital latino-americana, não sei por que eu disse: Paquistão.

— Seu menino é muito simpático, Ramón — disse Lolo.
— Ele é meu sobrinho — Ramón esclareceu.
— Eu não tenho pai — eu disse com orgulho e levantei meu copo, convidando-os a brindar. "Por Ramón. E pela Revolução Industrial", acrescentei, finalmente encontrando alguma utilidade para minhas aulas de História e Geografia: dar finais abruptos e surpreendentes às conversas. Continuamos conversando um pouco e estávamos naquilo, quando o vizinho que compra cigarros

na loja da minha mãe puxou uma cadeira e perguntou se poderia se juntar a nós.

— Pegue a minha. A essa hora eu observo o pôr do sol — eu disse, e novamente fiz um silêncio depois das minhas palavras, que buscavam impactar a audiência.

Lembro-me de me despedir de Ramón com um simples "tchau". E que ali, rodeado por aqueles bons amigos dos quais não era necessário saber o nome, ele parecia contente. Foi a última vez que o vi.

O equilíbrio entre a parte de cima e a de baixo dependia de um sistema de roldanas e cordas que, embora precário, não detinha seu movimento e ia dando origem a novas situações invisíveis ou visíveis, dependendo dos seus efeitos.

O que se seguiu foi mais ou menos assim:

Donoso observou, da sua janela, o momento em que Ramón e eu descemos do outdoor e decidiu que era a oportunidade perfeita para fazer a visita que ele vinha planejando há dias.

— Quem me acompanha?

Eu

Eu

Eu

Eu

Eu

Eu

Eu

Sete crianças fizeram uma fila atrás de Donoso, avançaram pela rua e atravessaram a estrada, até chegarem à beira do canal.

Eles não sabiam, mas a criança que cruzou com eles — e que lhes pareceu usar roupas um pouco enlameadas

— era o fantasma de Eduardito, o afogado, que queria avisá-los de que há cruzamentos nos quais a linha que une o passado ao presente se dobra até formar um buraco. "Se você cair ali, não vai voltar", ele queria dizer. Mas eles, com tanta adrenalina no corpo, não pararam para ouvi-lo e continuaram.

Posso imaginá-los subindo a escada, percorrendo a casa do outdoor e, em seguida, espiando pelo buraco que servia de janela. Também a chuva de urina que lançaram do ar, porque, como dissera Donoso, o objetivo principal não era olhar para as colinas e a cidade lá de cima, mas fazer xixi.

O que aconteceu depois, nem eles sabem direito. Talvez tenham me visto voltando do bar e pensaram que Ramón estava vindo um pouco mais atrás. Ou, simplesmente: terminada a missão, sentiram medo e desceram correndo.

Sete crianças foram, mas apenas seis voltaram.

Quando aconteceu aquilo com o Eduardito, eu tinha cinco anos, então me lembro de poucas coisas. A primeira: o nome, Eduardito, que os adultos gritaram durante três dias e duas noites seguidas. A segunda: seu rosto inchado, adormecido e meio roxo. A terceira: o caixão forrado de cetim que me fez pensar que, se por um milagre ou um engano irreparável Eduardito acordasse nas profundezas da terra, sua nova cama lhe pareceria macia. Ele arranharia e chutaria até quebrá-la? O pesadelo assombrou todas as crianças que foram vê-lo e lhe deram o último adeus, com mais curiosidade do que dor, para comprovar com nossos próprios olhos que o morto poderia ter sido um de nós.

Cinco minutos foi o tempo que sua mãe se descuidou. Cinco minutos em que foi pedir à vizinha o telefone do gás e ninguém entendeu como Eduardito desceu as escadas, atravessou a rua e caminhou na direção do canal.

Talvez ele quisesse pegar uma pedra que lhe pareceu a mais brilhante que ele já vira. Ou falar com aquele outro Eduardito que olhava para ele do fundo da água. Não se sabe. O canal demorou três dias para devolver o corpo e o deixou descansando, para sempre, entre alguns arbustos que cresciam perto da água.

Os carabineiros vieram avisar. Numa comuna próxima, atravessada pelo mesmo canal, foi encontrado o corpo de uma criança. Camisa xadrez vermelha. Shorts azuis. Achei que o grito da mãe de Eduardito tivesse quebrado um vidro, mas depois percebi que alguém, talvez o pai ou o irmão mais velho, soltara o copo que tinha nas mãos ao saber da notícia.

"O corpo do anjinho era leve, leve demais", repetia a avó, tentando explicar a todos que vinham ao velório o quanto a água havia arrastado Eduardito. Lembro-me da palavra "arrastado". Também me lembro de que, quando acompanhei minha mãe para levar uma coroa de flores, confuso, entrei na cozinha do apartamento de Eduardito e vi um prato com batatas que alguém havia deixado meio comido para sempre.

As crianças foram as primeiras suspeitas do desaparecimento de Jaimito (assim se chamava a nova criança desaparecida). Ninguém iria para a escola. Ninguém sairia da vila. Ninguém veria televisão. Ninguém com menos de doze anos (estão entendendo?) faria qualquer coisa até que disséssemos tudo o que sabíamos:

Nós o conhecíamos?
Será que o havíamos visto naquela tarde?
Tínhamos visto algum estranho rondando pela vila?
Justo agora os ratos tinham comido nossa língua?

Questionados, sem saber o que responder, imaginávamos que aquilo que os ratos, os pássaros pretos e as minhocas estavam realmente comendo era a língua do Jaimito.

O problema é que "a vila tinha deixado de ser a de antigamente", disse alguém. Será que a culpa era dos Sem-Casa que, com seus papelões e seus paus, haviam despertado os fantasmas que, com tanto esforço, eles tinham feito dormir no quarto dos fundos da memória?

(o fantasma do cansaço,
o fantasma de roupas com cheiro de fumaça
o fantasma da dor, em suma).

Será que era culpa de Ramón, que com seu barraco do outdoor havia desordenado o que lhes custara tanto para ordenar?

Uma noite se passou, depois um dia inteiro, e o menino ainda não tinha aparecido. Deve ter sido na manhã do segundo dia que um vizinho do prédio ao lado forneceu a informação que faltava: crianças. No dia anterior ao desaparecimento, enquanto olhava pela janela, viu algumas crianças brincando lá em cima, no outdoor. Me desculpem, disse o vizinho, mas ele achava que Jaimito (ou Dieguito? Como era mesmo que se chamava?) não seria mais encontrado.

Um primeiro grupo saiu em direção ao outdoor e outro ficou encarregado de dar continuidade ao interrogatório. O círculo de suspeitos começou a diminuir até que apenas Donoso, os dois mini-Donosos e eu ficamos no centro.

O que estávamos fazendo lá em cima?
Ramón tinha nos convidado?
Paulina — a mosca-morta — sabia disso?

Não nos deixariam sair dali até que disséssemos tudo.

Que não nos esquecêssemos de que o tempo estava passando e dependia de nós que encontrassem ou não Jaimito vivo. Outra pergunta: de quem tinha sido a ideia de subir?

Foi então que Donoso soluçou e disse algumas palavras que mal se entendiam entre um soluço e outro. Eles subiram. Jaimito estava no grupo. Sabiam que ele havia ido com eles, mas não tinham certeza de que ele conseguira descer. Viram alguém parecido com Ramón chegando. Se assustaram. Desceram correndo. Donoso achava que um dos mais velhos tivesse segurado a mão de Jaimito, mas parece que não. "Do Miguel. A ideia de subir foi do Miguel", concluiu Donoso.

Eu teria ganhado alguma coisa se dissesse que ele estava mentindo e que eu havia subido, mas não com eles? Não, porque o que os vizinhos tinham ali, diante dos seus olhos, não eram os culpados pelo desaparecimento da criança, mas a desculpa perfeita para se livrar, de uma vez por todas, de Ramón, dos Sem-Casa e de tudo o que consideravam ser "o problema", isto é, coisas ou seres que não funcionavam segundo as leis do conjunto, que eles próprios — no seu papel de juízes e de parte — tinham se encarregado de ditar.

Os atores da peça de teatro que era a vida começaram a revisar seu roteiro:

Ramón era o culpado. Eles tinham dito até se cansar: os homens e as mulheres não eram pássaros. Homens e mulheres moravam em prédios, dormiam em camas, trabalhavam e, quando a noite chegava, esses homens e mulheres assistiam à televisão, iam para a cama e roncavam. As estrelas, a noite, o vento que soprava mais forte quando dormiam eram coisas que tinham deixado de lhes dizer respeito a partir do momento em que se livraram dos seus pelos, penas ou conchas. Porque havia uma estrutura, uma ordem. Era tão difícil de entender? Era tão complicado, Ramón?

Acho que é nisso que os vizinhos estavam pensando, e não na criança perdida, quando, depois de terminarem meu interrogatório, ficaram de quatro e começaram a cheirar minhas roupas.

O líder da manada, que saiu empurrando a porta e correu na direção do prédio, era o vizinho do 1-A ou do 4-D. Não sei. O importante é que eles saíram e procuraram as armas que desde o princípio dos tempos escondiam sob os travesseiros:

gravetos,

ossos,

presas.

— Você vem comigo — disse minha mãe.
Eu olhei para ela, mas não disse nada.

— Pegue este pau — acrescentou.

Tinham aprendido assistindo a aulas teóricas e práticas. Uma boa joelhada na área do estômago imobiliza. Uma costela quebrada, que esperançosamente atinja parte do pulmão, sem chegar a perfurá-lo, lembra, se não o temor de Deus, o medo da morte. E, por último, um bom chute no rosto torce o nariz para sempre. Em memória de:

O que você não deveria ter feito.
O que você não deveria ter pensado.
O que você não deveria querer.

(sobretudo o último).

O grupo de vizinhos, minha mãe, o pai da criança desaparecida e eu atravessamos a estrada e chegamos ao pé do outdoor. Um dos que havia chegado antes nos disse que Ramón não respondia aos gritos que lhe pediam para descer. O motivo era óbvio: ele tinha ido embora.

Nem por isso a peça teatral foi interrompida.

O que eles fariam agora que não tinham a quem culpar? Como dariam um golpe em cima daquela grande mesa que era o mundo e que, embora não lhes pertencesse, eles se encarregavam de manter ordenada e limpa?

Os encarregados de subir foram os mais jovens. As crianças não eram obrigadas a ajudar, mas devíamos ficar ali para que a lição ficasse bem gravada naquela cabeça cheia de vento — mas ainda sem pássaros — que carregávamos nos ombros.

Lembro-me de que ali, no meio da multidão, estavam vários dos que haviam defendido Ramón, de pau na mão, dizendo que ele era, sempre tinha sido, um maluco de merda. Quando os vi, pensei que, se o tempo continuasse avançando, também eu acabaria mudando de ideia e com vontade de matar. Com o quê? Com a pedra que minha mão acabara de agarrar, a qual, produto do medo e da confusão, tinha começado a ter vida própria.

Um a um, foram descendo os objetos da casa do outdoor na mesma ordem em que Ramón os subira havia alguns meses: primeiro o colchão, depois as duas cadeiras, a mesinha e, por último, o abajur. Imagino que as xícaras e os pratos tenham ficado — tiritando, talvez — no que havia sido o chão da casa. Ninguém jamais os usaria ou os veria de novo, pois a vista aérea tinha este inconveniente: você não via os detalhes, mesmo que forçasse os olhos.

Os paus que os vizinhos tinham nas mãos serviram para acender a fogueira onde as coisas, depois de voltar para a terra — "de onde nunca deveriam ter saído" —, queimaram. A fumaça entrou nos nossos olhos e depois subiu, fazendo com que o carro conversível, a mulher e o céu do outdoor começassem a se desmanchar.

Cheirava a plástico e céu queimado. E será que os vizinhos se acalmaram depois que destruíram a casa do outdoor?

Claro que não.

A primeira coisa que vi quando consegui abrir os olhos foi a garota dos Sem-Casa. Olhando para ela, de mãos dadas com o avô, entendi que eu já sabia o fim do que começaria em poucos minutos. E eu já sabia por quê? Porque o fim, na maioria das vezes, era o mesmo.

Acho que foi a pergunta do velho que despertou a fúria: o que diabos estávamos fazendo?

Responderam-lhe com um grito: que não se metesse no que não lhe dizia respeito e que se fosse com sua sujeira para outro lugar.

A próxima coisa foi alguém que bateu numa cabeça com um pedaço de pau. Dois minutos depois, eram vários que — de um lado e de outro — o imitavam. Os paus batiam em cabeças. Também em costas, braços e pernas. As gotas de sangue caíam no chão e o manchavam.

Fogo. O que se segue aos paus, desde o início do mundo, é o fogo, que ainda estava aceso e próximo. Os papelões dos Sem-Casa queimaram rápido.

Gritavam. De um lado e do outro. Ou choravam, não sei. Àquela altura, nem mesmo os que haviam começado, e tinham tanta certeza de que estavam certos, entendiam o que estava acontecendo. Corajosos como eram, deram no pé.

O resto de nós ficou, tentando apagar o desastre, que durou entre vinte minutos e três mil anos, e terminou com uma parte do bairro dos Sem-Casa convertida em cinzas.

Como acontece em todas as guerras, depois dos gritos veio o silêncio. Eu vomitei e deixei cair primeiro a pedra, que minha mão não chegou a atirar, e depois o pau, que me serviu de bengala enquanto minhas pernas tremiam. Sem pensar muito, peguei-o e o entreguei à garota.

A guerra não foi escrita em nenhum livro, mas nós que dela participamos ainda lembramos que começou com alguém que tinha a razão e continuou com palavras que iam e vinham.

Na manhã seguinte, os carabineiros apareceram. Não vinham pelo incêndio, isso era responsabilidade dos bombeiros — nem isso a gente sabia? —, mas para nos avisar que tinham encontrado o corpo da criança perdida enredado no fundo da água. Também dessa vez, a única pessoa capaz de dar uma explicação coerente era a avó: "A criança foi aonde não devia ir e depois aconteceu o que não devia ter acontecido".

No velório, que se realizou na vila, chegaram seus parentes, os vizinhos e também o avô dos Sem-Casa, e acontece que, em silêncio — insistíamos naquele sistema de comunicação que, sabíamos, não servia para nada —, tínhamos combinado que em certas ocasiões haveria uma trégua. Uma senhora idosa, que era da vila vizinha, mas sempre aparecia por aqui para as celebrações e os funerais, olhava para o caixão, dizia algumas palavras a Deus e balançava a cabeça. Jaimito estava vestido com uma camisa xadrez abotoada até o pescoço. Sua mãe estava sentada numa cadeira e olhava para um horizonte que só ela podia ver. Alguém, acho que a vizinha do 3-A, começou a cantar um hino que dizia que os céus e a terra passariam, mas não a palavra de Deus. Dois ou três a acompanharam.

As crianças que participaram da excursão ao outdoor puderam entrar para se despedir, o que fizemos o mais rápido que pudemos. Embora nem tanto para deixar de perceber que os gladíolos, ao contrário dos cravos, haviam adquirido uma aparência murcha.

Já ia saindo quando vi Paulina aparecer e me aproximei dela. A visita durou pouco, porque minha mãe se encarregou de dizer a ela — em nome de ninguém, pois a família de Jaimito àquela altura já não distinguia um vizinho do outro — que depois do que havia acontecido ela não era bem-vinda. Eu também não. Portanto, era melhor sairmos. E, que se fosse para sempre, melhor.

Não sei se Paulina tomou a decisão ao ouvi-la ou quando, dias antes, os frascos de colônia começaram a se chocar uns contra os outros para avisá-la que a casa de Ramón estava pegando fogo.

— Vá pra casa e ponha toda a roupa que couber na sua mochila — disse ela.
— Nós vamos embora? — eu perguntei.
— Nós vamos embora — ela respondeu.

Peguei todas as minhas cuecas, todas as minhas meias, duas calças de moletom e, não sei por quê, o uniforme escolar. Também um lápis e um caderno.

Caminhamos pela beira da estrada em direção ao centro da cidade, e aos poucos a vila, os conjuntos de edifícios, as fábricas e as colinas sem árvores foram ficando para trás.

As luzes começaram a se acender: alaranjadas e amarelas. Era possível que Ramón as observasse de outro outdoor ou do galho de alguma árvore. Havia distintas teorias, porém uma das mais valorizadas nessa hora no bar do Lolo era uma que dizia que poucos dias antes, ao sair pela porta daquele mesmo lugar, Ramón, transformado num pássaro, uma mescla de condor e corvo, tinha voado para longe.

Havia ainda algumas mais bizarras: Ramón trabalhava como ajudante de Eliseo — o responsável pelos outdoors — na República Dominicana; Ramón, entediado com tudo, tinha se atirado no canal; Ramón não existia e havia sido uma alucinação coletiva produzida pela inalação involuntária do desinfetante de pisos do Supermercado Superior. Tudo era possível. Ou não.

Durante os primeiros dias imaginei minha foto, descascando-se, num daqueles cartazes que se cola nos postes de luz. Também minha mãe sentada na frente da televisão, sem prestar atenção ao que está acontecendo na tela, esperando o dia em que, ao entrarmos pela porta, poderá nos castigar da pior maneira que alguém pode ser castigado: fingindo que não existimos.

Na hora em que as ruas do centro ficam vazias, Paulina e eu descemos ao metrô e brincamos de andar na plataforma de olhos fechados. Ela diz: vá em frente, perigo, vire, pare, e eu a sigo, confiante.

Nos alto-falantes anunciam um atraso e, do outro lado, uma mulher grita algo que não entendemos. Paulina fica em silêncio, então abro os olhos e vejo nosso reflexo num anúncio de tênis da Nike.

Para não me esquecer, repito o nome das capitais: Santiago, Lima, Buenos Aires, Manágua, Cidade do México. É tarde, mas ainda continua fazendo calor.